KB188092

밧줄

스테판 아우스 뎀 지펜

강명순 옮김

밧줄

Das Seil

바다출판사

　이 소설의 아이디어는 내가 꾼 꿈에서 비롯되었다. 어느 날 아침, 나는 침대에 걸터앉아 전날 밤에 꾼 꿈을 떠올렸다. 갈수록 길어지는 밧줄에 대한 꿈이었는데, 어쩌면 이걸로 이야기를 하나 만들 수 있지 않을까 하는 생각이 들었다. 이제 와 돌이켜 보면 그때의 내 생각이 완전히 잘못된 것은 아니었다. 문득 꿈은 쉽게 잊어버린다는 생각이 들어 나는 즉시 수첩을 꺼내 꿈의 내용을 적어 놓았다. 직업외교관인 나는 공무원답게 생활이 규칙적인데, 그중 하나가 아침에 일어나면 침대에 걸터앉아 이런저런 메모를 하는 것이다. 혹시 그날 내가 꿈을 메모하지 않았더라면, 꽤 커다란 문학적 손실이 발생했을까? 그에 대한 판단을 내리는 것은 내 몫이 아니다.

　그럼 그날 꾼 꿈의 내용은 무엇이고, 또 이 소설의 내용은 무엇일까? 옛날에 독일 어느 마을에서 한 농부가 풀밭에서 밧줄을 발견한다. 그는 처음에 그 밧줄에 크게 주목하지 않는다. 일상생활에서 널리 쓰이는 별로 특별할 것 없는 그저 그런 밧줄로 생각했기 때문이다. 하지만 다음 순간 그는 밧줄을 들어 올리기로 결심한다. 그리고 그걸 계기로 농부 자신과 마을을 파멸로 이끄는 일련의 사건들이 벌어진다.

이건 엄청난 결과를 야기하는 아주 사소한 동기에 대한 이야기다. 절대로 특별한 현상이 아니다. 나비의 날갯짓 하나가 태풍을 몰고 온다는 이야기를 못 들어 본 사람이 있는가. 눈 덮인 산비탈을 달려가는 쥐 한 마리가 백 명의 목숨을 앗아가는 거대한 눈사태를 야기할 수도 있다. 그렇다면 행복하게 잘 살고 있는 어느 마을의 풀밭에 느닷없이 밧줄이 하나 놓여 있고, 그로 인해 재앙이 발생할 수도 있다.

밧줄의 제물이 된 농부들은 원래부터 나쁜 사람들이 아니다. 그들은 단지 일이 어떻게 된 건지 사실을 규명하고 싶은 마음을 따라간 것뿐이다. 위험천만한 고집스러운 성벽(性癖)을 끝까지 놓지 못한 것이다. 끝장을 보지 못하고 중도에 포기하는 것을, 그런 실패에 만족하는 스스로를 용납할 수 없기 때문이다. 그래서 그들은 온전한 질서라는 미명하에 그동안 고요하게 잠들어 있던 카오스를 일깨

우게 되고, 그것은 결국 재앙으로 이어진다.

"그리움을 아는 자만이 나의 이 괴로움을 알리라."라고 괴테가 말했다. 밧줄의 궁극적인 비밀을 알아내고자 하는 동경을 품고서 농부들은 목적지를 향해 전진한다. 그 목적지에서 자신들이 무엇을 만나게 될지 제대로 모르면서. 때로는 그냥 그리움만 간직하고 있는 것이 그리움이 실현된 것을 보는 것보다 더 아름답다. 독일 작가 레싱(Gotthold Ephraim Lessing)이 그와 비슷한 의미로 이렇게 말했다. "진실을 찾고 있을 때가 진실을 알고 난 후보다 더 낫다."라고. 아마 레싱이었다면 밧줄을 따라갔을 때 설령 그 끝에 도달하지 못했더라도 만족했을 것이다.

그러나 이건 지나친 억측이다. 이 짧은 소설에 너무 많은 의미를 부여할 필요는 없다. 이건 그냥 누군가 자신의 꿈을 써 내려간 이야기일 뿐, 그 이상은 아니다. 그러니 그리 심오한 의미가 숨겨져 있을 까닭이 없다.

차례

1부

발견 ··· 13

밧줄이 길다 ··· 21

오랜 논의 끝에 한 가지 아이디어를 내다 ··· 27

첫 번째 재앙 ··· 33

위대한 출발 ··· 40

침묵 ··· 47

계속 전진! ··· 55

새로운 재앙 ··· 68

2부

자식들과 손자들한테 들려줄 이야기 · · · 81

폭력 · · · 89

기다림의 끝 · · · 104

숲속을 통과하는 게 그들만은 아니다 · · · 117

오만한 궁수 · · · 127

추수 · · · 135

거미줄에 갇히다 · · · 140

3부

삶의 지속성에 대한 아름다운 망상 · · · 153

충실한 동반자 · · · 164

습격 · · · 172

미하엘의 소지품 · · · 181

또 다른 발견 · · · 187

가슴에 뿌린 흙 한 줌 · · · 194

1부

발견

    베른하르트는 담배 파이프를 물고 저녁 산책에 나섰다. 마을의 작은 농가들이 어둠에 잠겨 있었다. 창문에는 벌써 덧문들이 닫혀 있었고, 짚으로 이은 지붕 굴뚝에서는 연기가 무럭무럭 피어올랐다. 하늘에서는 노란 달빛에 별빛들이 완전히 묻혀버렸다. 울타리로 둘러싸인 목초지는 전부 텅 비어 있었다. 늑대로부터 가축들을 보호하기 위해 농부들이 염소를 전부 우리 속으로 몰아넣었기 때문이다. 흠잡을 데 없이 완벽한 풍경에 유일한 오점이라면 소리도 없이 조용히 날개를 퍼덕거리며 밤하늘을 가로지르는 박쥐들이었다. 어둠 속에서 느닷없이 그림자들이 나타났다가 미처 눈으로 좇기도 전에 잽싸게 휙 사라져 버렸다.

베른하르트는 목장과 경계를 이루고 있는 밀밭을 건너다보았다. 이삭들이 잘 여물고 있었다. 이제 며칠 뒤면 추수를 해야 할 것이다. 줄기가 이미 이삭의 무게를 지탱하기 힘들어 보였다. 여기서 시간을 더 지체했다가는 제대로 수확을 하기도 전에 이삭들이 땅바닥으로 쓰러질 것 같았다. 거의 소리도 없고 느낄 수도 없는 부드러운 미풍이 이삭들을 살짝 스치고 지나갔다. 달빛 탓에 이삭들이 누런 황금빛을 잃어버리고 탁한 잿빛을 띠고 있었다. 문득 어렸을 적에 아버지와 이곳에 서서 밀밭을 바라보던 기억이 떠올랐다.

"이삭은 행운과 똑같단다. 행운이 너무 커지면 불행이 되는 법이야." 그때 아버지가 그렇게 말씀하셨다.

그 말을 들었을 때 베른하르트는 몹시 놀랐다. 아버지를 비롯해 마을 어른들로부터 당장 처리해야 할 시급한 일에 대한 지시나 명령 말고 다른 이야기를 들어 본 적이 거의 없었기 때문이다. 그래서 그때 들은 아버지 말이 베른하르트 마음에 깊이 아로새겨졌다. 거의 단순하고 순탄한 일들로 채워져 있는 그의 기억 속에서 그건 경외심을 불러일으키는 약간 기이한 일로 자리 잡았다. 그날 이후 베른하르트는 이삭이 여물어 가는 밀밭을 바라볼 때면 늘 철학적 사색에 잠겨 '행운'과 '불행'에 대해 생각하면서 이삭들에 대해 중얼거리는 버릇이 생겼다. 비록 시작되자마자 금세 끝나 버리는 사색이었지만 말이다.

베른하르트는 스물네 채의 농가와 밀밭 그리고 목장들을 궁형으로 빙 둘러싸고 있는 시커먼 숲의 가장자리를 따라 산책했다. 종종 이 길을 걷고 있노라면 선조들이 도끼로 울창한 숲을 개간해 확보한 농토를 되찾기 위해 숲이 야음을 틈타서 포위망을 점점 좁혀 오고 있는 것 같다는 생각이 들곤 했다. 나무들이 자꾸 마을 쪽으로 다가오고 있는 것처럼 보였기 때문이다. 마을을 둘러싸고 있는 숲들은 아직도 태곳적 원시 상태를 거의 그대로 유지하고 있어서 수천 년 전에 그랬듯이 지금도 사람들의 접근을 허락하지 않았다. 숲 깊숙이 들어갔다가는 까딱하면 길을 잃기 일쑤였고 사람 그림자도 구경 못한 채 며칠씩 헤매다닐 수도 있었다. 물론 아주 드물기는 하지만 망망대해에 떠 있는 작은 섬들처럼 군데군데 작은 마을이 형성돼 있었다.

산책을 하던 베른하르트가 멈칫하며 걸음을 멈췄다. 전나무 숲과 맞닿은 초원에서 뭔가 이상한 게 눈에 띄었기 때문이다. 희미한 달빛 속에서 둘둘 말려 있는 시커먼 줄 같은 게 풀 사이로 지나가고 있는 게 어렴풋이 보였다. 모양새만 보면 딱 기어가는 뱀이었다. 그게 아니라면 대체 뭐란 말인가? 베른하르트가 이마를 찌푸리면서 주춤주춤 그쪽으로 다가갔다. 바닥에 밧줄이 하나 놓여 있었다. 단지 그것뿐이었다. 누군가 여기 놓아 두고는 깜빡했을 것이다. 아이들이 줄 놀이를 하려고 가져다 놓은 것일 수도 있고.

크게 실망한 베른하르트는 좀 더 가까이서 확인해 보기 위해 허리를 굽혔다. 다음 순간 화들짝 놀라며 입에서 담배 파이프를 빼낸 뒤 휘파람을 불었다. 최상급 밧줄이잖아! 단단하게 잘 꼬아 만든 밧줄! 굵기도 엄지손가락만 하네. 내가 알기로 우리 마을에서 이런 밧줄을 가진 사람은 없는데. 그건 확실해. 에이, 또 모르지. 그사이에 누군가 이런 밧줄을 사 놓았을지도.

베른하르트는 잿빛 그림자들이 계속 어른거리는 길을 따라 다시 걷기 시작했다. 밧줄 생각이 머리에서 떠나지 않았다. 왠지 마음에 걸려서가 아니라 곰곰이 생각할 게 그것밖에 없었기 때문이다. 밤의 적막을 뚫고 어디선가 크고 거칠게 '탁' 하는 소리가 들리는 바람에 베른하르트의 정신이 돌아왔다. 숲에서 가장 가까운 곳에 옹기종기 모여 있는 농가 서너 채 중 한 집의 창문에서 노란 불빛이 새어 나왔다. 라이문트의 집이었는데, 라이문트가 창문의 덧문을 닫는 소리였다.

"이보게, 벌써 잠자리에 들려는 건가?" 베른하르트가 라이문트에게 소리쳤다. 어둠 속에서 자신의 목소리가 어찌나 크게 울려 퍼지던지 베른하르트는 말을 해 놓고도 깜짝 놀랐다. 아마도 집 안에서 그 소리를 들었다면 누군가 비명을 지르는 줄 알았을 것이다.

"아, 베른하르트. 자넨 이렇게 늦은 시간에 아직도 밖에서 돌아다니는 겐가?"

라이문트는 창문 앞에 꼼짝도 않고 서 있었다. 집 안의 불빛 때문에 윤곽만 보이는 그의 어깨가 창문의 대부분을 가렸다. 가까이 다가가면서 보니 라이문트는 마치 건물 벽에 매달려 있는 시커먼 종이 장식품처럼 보였다.

"산책하는 중일세. 습관이 돼서 말이야."

"아, 그랬군. …… 그런데 방금 전에 자네가 숲가에 서 있는 걸 봤네. 저기 위쪽 말일세. 뭘 찾는 것처럼 허리를 숙이고 있던데, 대체 뭐가 있길래 그랬나?"

라이문트는 상당히 졸린 목소리였다. 하지만 베른하르트의 행동이 꽤나 수상쩍게 보였던지 진실을 꼭 알아내고야 말겠다는 듯 꼬치꼬치 캐물었다. 어두워서 잘 안 보이는 그의 입에서 흑맥주 냄새가 솔솔 새어 나왔다. 이 마을에서는 각자 집에서 맥주를 빚었다. 맥주 냄새가 이슬에 젖은 초원의 풀냄새와 뒤섞였다.

"거기서 밧줄을 하나 발견했네."

"밧줄이라고?"

"맞네. 저기 위쪽에 있는 초원의 바닥에 놓여 있었네. 아주 굵은 밧줄일세. 아마 자네도 보면 깜짝 놀랄걸세. 내가 알기로 우리 마을에서 그런 밧줄을 가진 사람이 없거든…….."

"아, 그랬군! 자네는 고작 그런 거나 보자고 이렇게 늦은 시간까지 밖에서 돌아다니는 겐가?"

라이문트는 베른하르트한테서 더는 새로운 이야깃거리가 나올 게 없다는 사실에 약간 실망했다. 이렇게 한심하고 지루하고 사소한 이야기나 듣자고 덧문 닫는 중요한 일을 지체하다니! 잠시 두 사람 사이에 어색한 침묵이 흘렀다. 망설이던 라이문트가 마침내 양팔을 들어 올려 오른쪽과 왼쪽의 덧문을 각각 붙잡았다. 금색 털로 뒤덮여 있는 라이문트의 넙적한 두 손이 언뜻 보였다가 삐거덕 소리와 함께 순식간에 사라져 버렸다.

베른하르트는 집으로 돌아가기로 했다. 현관문을 열고 집 안으로 들어서니 거실이 텅 비어 있었다. 저녁때 먹은 따뜻하고 달콤한 음식 냄새는 그대로 남아 있었다. 천장에 매달린 관솔불은 주인을 기다리고 있었는지 계속 부드럽게 타올랐다. 아내 아그네스는 벌써 침실로 들어갔을 것이다. 안쪽에서 아내가 걸어가 마루가 삐거덕거리는 소리가 들렸다. 발자국 소리에 또 다른 소리가 섞여 있었다. 아주 약한 딸꾹질 소리였다. 그런데 그 소리가 어찌나 작은지 들렸다기보다는 그냥 어렴풋이 알아차렸다고 하는 편이 더 맞을 것이다. 그건 문 옆쪽, 흰색 리넨 커튼으로 가려 놓은 벽감 안쪽에서 흘러나왔다. 베른하르트의 얼굴에 부드럽고 온화한 미소가 번졌다. 하지만 우락부락하고 거친 그의 얼굴과 전혀 안 어울리는 그 미소는 곧바로 사라졌다.

"엘리—자—베트……, 엘리—자—베트……." 베른하르트가 나직하게 중얼거렸다. 아이의 잠을 방해하지 않을 정도로 작은 소리였지만 그는 그 이름을 부르는 것만으로도 충분히 기쁨을 맛볼 수 있었다. 그는 커튼을 살며시 옆으로 밀친 뒤 요람 위로 몸을 숙였다. 지난 몇 주 동안 부쩍 자라 부모의 마음을 충분히 기쁘게 해 준 엘리자베트의 갈색 머리카락이 하얀 베갯잇과 대조를 이루었다. 엘리자베트가 침이 잔뜩 고인 입가를 귀엽게 씰룩거리자 베른하르트가 주머니에서 손수건을 꺼내 조심스럽게 입가를 톡톡 두드리며 무색 거품을 닦아 냈다. 그를 정말 행복하게 해 주는 것은 엘리자베트의 이런 사소한 몸짓들이었다. 뭔가 해 줄 게 생겼기 때문이다. 비록 아주 사소한 도움을 준 것뿐이었지만 그로 인해 행복을 공짜로 누리는 게 아니라는 뿌듯함을 느낄 수 있었다. 만약 잠든 딸아이의 얼굴만 쳐다보고 있었더라면 금세 마음속에서 불안감이 싹텄을지도 모른다. 이유를 설명할 수는 없는데 그는 가장 행복한 순간에 문득문득 기분 나쁜 불안감에 휩싸이곤 했다. 그가 목숨보다 더 소중히 여기는 이 아름답고 행복한 삶이 영원히 지속되지 않을지도 모른다는 불안감이었다.

밧줄이 길다

날이 밝기 무섭게 베른하르트는 옷을 갈아입었다. 꼭두새벽에 일어나는 것은 그의 오랜 습관이었다. 그런데 오늘은 평소보다 더 이른 시간에 눈을 떴다. 추수를 앞두고 있어서 그런지 마음이 영 불안했기 때문이다.

재킷의 단추를 채우면서 베른하르트는 창밖을 내다보았다. 밧줄이 있던 방향으로 고개를 돌린 순간 어찌나 놀랐는지 숨이 멎을 뻔했다. 숲 입구에 시커멓게 모여 있는 사람들 모습이 흐릿하게 보였기 때문이다. 예닐곱 명쯤 되는 것 같았다. 마을 남자의 거의 절반이었다. 이 꼭두새벽에 저 사람들이 대체 뭘 하려고 모여 있는 거지?

현관문을 열고 밖으로 나선 순간 베른하르트는 약간 당황했다. 아침 공기는 상쾌했지만 약간 쌀쌀하게 느껴졌기 때문이다. 게다가 하늘에는 구름까지 잔뜩 끼어 있었다. 추수에 별로 좋지 않은 조짐이었다. 가을이 때를 모르고 성급히 찾아온 듯했다. 절정에 이른 녹음을 자랑하던 나뭇잎들도 밤사이에 미세하게 노란빛을 띠고 있었다. 녹음이 무르익다 못해 단풍이 들려는 것 같았다. 아니다, 그럴 리가 없었다. 새벽 여명에 나뭇잎의 색깔이 달라 보인 것뿐일 것이다.

농부들은 아직 잠이 덜 깬 부스스한 얼굴로 밧줄을 빙 둘러싸고 서 있었다.

"이보게들, 잘들 잤나?" 베른하르트가 가까이 다가가면서 소리쳤다. "나는 그 밧줄을 어젯밤에 벌써 봤네. 대체 그게 누구네 것인지 자네들은 아나?"

다들 땅바닥이나 허공만 응시할 뿐 아무도 대답하지 않았다. 누군가 뭐라 뭐라 중얼거렸지만 제대로 알아들을 수가 없었다. 아무튼 다정한 말투는 절대 아니었다. 베른하르트는 그제야 처음으로 밧줄을 똑똑히 볼 수 있었다. 밧줄은 예닐곱 걸음 정도 풀밭 위를 지나 숲 가장자리까지 이어지다가 거기서 덤불숲에 있는 나무들 사이로 사라졌다. 베른하르트는 허리를 굽혀 전문가적인 안목으로 밧줄을 찬찬히 살펴보면서 손가락 끝으로 슬

쩍 만져 보았다. 그런 다음 단단히 결심을 하고는 밧줄을 손에
둘둘 감고 한 걸음 뒤로 물러서서 힘껏 잡아당기기 시작했다.
풀밭에 누워 있던 밧줄이 허공으로 떠올라 흔들리면서 숲 가장
자리까지 비스듬한 일직선을 그렸다. 밧줄이 느슨하게 늘어지
지 않고 팽팽하게 당겨진 것을 보면 아무래도 나무 밑동 같은
데에 단단히 묶여 있는 것 같았다.

　베른하르트가 즐겁고 유쾌한 표정으로 다른 사람들의 얼굴
을 쳐다보았다.

　"혹시 아이들이 우리한테 장난을 치려는 게 아닐까?" 베른하
르트가 말했다. "그런 거라면 녀석들이 성공한 셈이로군. 여덟
명이나 되는 어른이 만사 제쳐 두고 꼭두새벽부터 나와서 밧줄
을 살펴보고 있으니 말일세."

　농부들은 두 손을 주머니에 찌른 채 여전히 입을 꾹 다물고
있었다. 베른하르트는 잔뜩 화가 나서 여봐란듯이 손을 내저으
면서 숲으로 걸어갔다. 그런 다음 고개를 수그린 채 나뭇가지
하나를 옆으로 밀치고는 나무들 사이로 들어갔다. 어두컴컴한
숲이 그를 맞이했다. 나무우듬지 위쪽에만 희미하게 빛이 비칠
뿐 아직 나무 밑동까지는 빛이 닿지 않았기 때문이다. 밧줄은
그의 눈길이 미치는 곳까지는 팽팽하게 일직선을 유지하면서
계속 숲속으로 이어졌다. 베른하르트는 한 팔은 앞으로 쭉 내

밀고 다른 팔로는 눈을 보호하면서 나무를 하나씩 지나치면서 계속 앞으로 나아갔다. 이슬에 젖은 나뭇가지들이 얼굴을 스쳤고 가시덤불에 자꾸 바지가 걸렸다. 그는 두세 걸음 나아간 뒤에 걸음을 멈추고는 밧줄이 어딘가에 묶여 있지 않은지 덤불숲 속을 확인했다. 하지만 번번이 고개를 흔들고 투덜거리면서 계속 앞으로 나아갔다.

그런데 계속 앞으로 나아갈수록 베른하르트는 왠지 자신이 놀림감이 된 것 같은 기분에 사로잡혔다. 그는 이제까지 단 한 번도 이런 꼭두새벽에 아침도 안 먹고 숲에 들어온 적이 없었다. 더군다나 밧줄을 찾으러 들어온다는 것은 상상도 못할 일이었다! 다른 사람들은 분명히 그를 비웃고 있을 것이다. 그는 자청해서 마을의 어릿광대가 되겠다고 선언한 셈이었다.

베른하르트의 눈은 서서히 숲속의 어둠에 익숙해지기 시작했다. 침엽들이 떨어져 있는 땅바닥 위로 밧줄이 지나가고 있는 게 선명하게 보였다. 밧줄은 부드러운 곡선을 그리면서 나무들 사이로 계속 이어졌다. 대체 저 밧줄은 어디까지 이어져 있는 거지? 쉰 걸음? 예순 걸음? 느닷없이 나뭇가지 하나가 그의 얼굴을 때렸다. 어찌나 아프던지 입에서 절로 신음 소리가 터져 나왔다. 베른하르트는 잠시 나무 기둥에 어깨를 기댄 채 신음하며 숨을 내쉬었다. 조심스레 얼굴을 만져 보았다. 눈 밑이 축축했다. 나뭇가지에 긁혀서 찢어진 게 분명했다. 엄청나게 힘든 길을 걸어온 뒤 한숨을 돌리려는 것처럼 그는 고개를 뒤로 젖힌 다음 입을 크게 벌리고 숨을 길게 내쉬었다. 다음 순간 허탈한 웃음이 터져 나왔다. 웃음소리가 고요한 새벽 숲속에 기괴하게 울려 퍼졌다. 메아리가 되어 돌아온 그 웃음소리가 베른하르트에게는 왠지 자신의 목소리가 아닌 것 같았다.

그가 다시 초원으로 돌아갔을 때 아까와 똑같은 광경이 기다리고 있었다. 다만 이번에는 남자 세 명과 젊은 여자 한 명이 더 늘어나 있을 뿐이었다. 여자는 가운 위에 숄만 두른 옷차림이었는데, 굉장한 구경거리를 혼자만 놓칠 수 없어 황급히 침대에서 빠져나온 게 분명했다. 맨발에 고양이를 품에 안은 금발머리를 길게 땋은 여자아이와 이가 몽땅 빠진 입으로 담배 연기를 뻐끔뻐끔 내뿜고 있는 노인도 있었다. 다들 잔뜩 긴장한 표정으로 아무 말 없이 베른하르트를 쳐다보았다.

"밧줄이 길어! 내 말 믿어 줘야 하네! 꽤 멀리까지 밧줄을 따라갔는데도 끝이 안 보이지 뭔가."

농부들이 베른하르트의 얼굴에 난 상처를 쳐다보았다. 눈썹에서부터 뺨까지 길게 찢겨 있었다. 그는 투명구슬처럼 옷에 다닥다닥 붙어 있는 이슬방울들을 털어 내기 위해 가슴팍을 손으로 툭툭 쳤다.

"나는 할 만큼 했네." 그가 잔뜩 볼멘 목소리로 말했다. "이제 그만 숲속을 헤매는 것보다 더 중요한 일을 하러 가야겠어! 젠장, 대체 이게 뭔가? 이 멍청한 밧줄 때문에 내 귀한 시간만 낭비했잖아. 자네들 시간도 그렇고!"

베른하르트가 몰려 있는 사람들을 헤치며 성큼성큼 앞으로 걸어갔다.

오랜 논의 끝에
한 가지 아이디어를 내다

마을 중앙에 떡갈나무가 한 그루 서 있었다. 엄청 오래된 나무일 거라는 근거 없는 믿음으로 마을 사람들 모두 경외심을 갖고 우러러보는 나무인데, 몸통이 어찌나 굵은지 장정 네댓 명이 두 팔을 쫙 벌려도 감쌀 수 없을 정도였다. 잎이 무성한 나뭇가지들이 마구 엇갈리면서 반구 형태의 지붕을 이루어서 햇볕이 쨍쨍 내리쬐는 날이면 인근에 있는 농가의 지붕들 위로 커다란 그림자를 드리웠다. 나무 밑에는 테이블 몇 개와 벤치가 놓여 있었다. 날씨가 좋은 계절에 종종 열리는 이런저런 모임을 위해 마을 사람들이 가져다 놓은 것이다. 농부들은 이곳에 앉아 커다란 맥주잔으로 술을 마시면서 온갖 상념에 잠기곤

했다. 맞아, 이 우거진 나무 아래서 몇 년 전 내 생일파티를 열었지, 세월이 흐르면 언젠가 바로 이 자리에서 음식을 잔뜩 차려 놓고 내 장례식이 열리겠지 같은 상념들 말이다.

그날 저녁 농부들은 테이블에 둘러앉아 추수 일정을 어떻게 잡을지 회의를 열었다. 때 이르게 찾아온 아침의 한기에 다들 불안해 했다. 그건 절대 8월 중순의 날씨라고 할 수 없었다. 날씨가 급변할 것 같은 몇 가지 불길한 조짐도 있었다. 이 마을의 경작지는 원체 척박해서 날씨가 좋았던 해에도 수확량이 그리 많지 않았다. 그래서 농부들은 버틸 수 있을 만큼 최대한 추수를 뒤로 미루는 경향이 있었다. 어느 해인가는 9월 초순까지 미룬 적도 있다. 하지만 오늘은 그런 의견을 제시하는 사람이 하나도 없었다. 더는 추수를 미룰 수 없다는 것에 의견이 일치했다. 내일까지는 추수 준비를 전부 마치고 모레부터 본격적으로 추수를 하기로 결정했다.

결론을 내린 뒤로 모임은 떠들썩한 술자리로 바뀌었다. 남자들이 집에서 맥주 항아리들을 가져왔고 소금에 절인 소시지, 버터빵, 과일주가 담긴 병들이 테이블에 차려졌다. 다들 기다란 담뱃대에 불을 붙인 뒤 밧줄 이야기를 꺼냈다. 지금까지 그 이야기를 참은 게 용할 정도였다. 맞다, 솔직히 말하면 다들 그 이야기를 하고 싶어서 모인 것이었다. 다만 진행을 원활히 하기 위해 먼저 추수 일정을 의제로 다룬 것뿐이었다.

베른하르트가 숲에 들어갔다 나온 이후로는 아무도 숲에 들어가지 않았다. 낮에는 할 일이 많았기 때문이다. 단지 어린 남자아이 세 명이 베른하르트의 흔적을 따라 숲에 들어가 봤지만 그들 역시 밧줄의 끝을 못 찾고 금세 되돌아 나왔다. 하지만 자신의 아이가 숲에 들어갔었다는 사실을 알게 된 아버지들은 펄쩍펄쩍 뛰면서 벌로 뺨을 때린 것은 물론이고 회초리로 종아리까지 때렸다. 거기에는 그럴 만한 이유가 있었다. 얼마 전부터 마을 주변에 늑대가 출몰해 아이들한테 숲속으로 단 한 발자국도 들어가지 말라는 엄명을 내려 놓았기 때문이다. 이틀 전 저녁나절에도 그리 멀지 않은 곳에서 늑대 울음소리가 들려왔다. 그때 아이들은 공포에 휩싸여 창문가에서 귀를 쫑긋 세운 채 놀란 토끼 눈을 하고는 어둠 속을 응시했다. 엄마들은 이런 좋은 기회를 놓칠세라 아이들한테 무시무시한 경고들을 쏟아부었다. 늑대 못지않게 위험한 존재가 또 하나 있었으니 바로 멧돼지였다. 이 근방에서 출몰하는 멧돼지들은 덩치가 거의 어린 송아지만 한 데다가 어찌나 난폭한지 사람들만 보면 무작정 달려들었다. 오죽하면 숲에 들어갔다 죽거나 중상을 입은 사냥꾼 이야기에서 절대 빠지지 않는 게 멧돼지였겠는가. 그들이 그렇게 된 것은 자식들 마음속에 멧돼지에 대한 두려움을 심어 줄 엄마가 없었던 탓이었다.

나무 그늘 아래 소음이 평소에 비해 엄청나게 커졌다. 다들 와자지껄하게 떠들었고, 입맛을 쩝쩝 다시면서 먹고 마시느라 정신이 없었다.

"아무래도 누가 우리의 신경을 거스를 작정으로 밧줄을 거기다 가져다 놓은 것 같아."

"맞네. 내 말이 바로 그거네. 우리 모두 거기에 깜빡 속아 넘어간 게 분명해!"

"하지만 대체 누가 그런 짓을 하겠나? 나는 정말 그걸 알고 싶네."

"그런 짓을 한 당사자도 분명히 여기 이 테이블에 앉아 있을 거야. 속으로 우리를 마음껏 비웃으면서."

시끌벅적하게 대화가 오갔고, 간간이 맥주잔을 부딪치며 건배하는 소리도 들렸다.

"나는 우리가 그 밧줄을 찾아서 나눠 가져야 한다고 생각하네. 길이가 아주 길어 보이던데, 인원수대로 나눠 가져도 각자 꽤 긴 밧줄을 갖게 될걸세."

"하지만 진짜 주인이 있는 물건이면 그래서는 안 되지. 주인은 자네가 자기 물건을 빼앗아 간다고 생각하지 않을까?"

"설사 그렇다 해도 그건 그 사람 책임이야! 누가 밧줄을 숲에다 갖다 놓으라고 했나?"

"맞네! 이번 일로 그 사람은 교훈을 얻어야 하네."

"우리한테 맥주도 한 잔씩 대접해야 하고."

"당연하지! 어디 누군지 밝혀지기만 해 봐. 내가 녀석의 엉덩
이를 세게 걷어차 줄 테니까!"

유난히 금발이 짙은 미하엘이 큰소리를 뻥뻥 쳤다. 미하엘은
상황이 여의치 않을 때에도 절대 포기하지 않고 뛰어드는 투
지와 의욕이 넘치는 인물이라서 농부들 사이에서 인기가 높았
을 뿐만 아니라 약점들조차 오히려 매력 포인트로 작용하게 하
는 사람이었다. 예를 들면 그는 결정을 빨리 내리는 편인데 그
게 늘 현명한 판단은 아니라서 난관에 봉착할 때가 많았다. 하
지만 미하엘은 그런 경우에도 절대 유쾌함을 잃지 않았다. 평
소의 허세로 미루어 보건대 만약 마을 주민들이 자신을 대표로
추대하면 그는 기꺼이 받아들일 사람이었다. 마을이 너무 작아
대표 같은 게 필요 없는 상황만 아니라면 말이다.

미하엘이 담뱃대를 흔들면서 우렁찬 목소리로 자기는 아침
일찍 숲으로 들어갈 것이며 밧줄 끝을 찾기 전에는 절대 돌아
오지 않겠다고 선언했다.

"설사 두 시간을 걸어가야 하더라도 난 끝장을 보고 말겠
어."

"나도 따라가겠네!"

　라이문트가 포효하듯 소리치면서 움켜쥔 두 주먹으로 테이블을 힘껏 내리치는 바람에 테이블에 놓여 있던 맥주잔들이 튀어 올랐다. 이어서 세 번째 남자가 혀 꼬부라진 소리로 환호하며 동참을 선언했다. 나머지 사람은 훌륭한 결심을 했다는 의미로 격려하듯이 각자의 담뱃대를 높이 들어 올린 다음 흥이 나서 세 사람의 갈비뼈와 어깨, 팔 등을 과격하게 밀쳤다. 그로부터 한 시간쯤 지나서야 사람들의 관심이 온전히 술 마시는 것으로 옮겨 갔다.

첫 번째 재앙

다음 날 아침 세 사람은 밧줄을 발견한 곳에서 만났다. 미하엘은 흥분을 못 참고 빨리 출발하고 싶어 몸이 근질근질한 눈치였다. 등에 활과 화살을 메고 허리춤에는 사냥칼을 차고 있었다. 나머지 두 사람은 미하엘의 차림새를 보고 평소의 허세가 또 나왔구나 생각했다.

라이문트는 무표정한 얼굴로 앞쪽을 바라보았다. 유난히 뼈가 툭 튀어나온 곳에 자리 잡고 있는 눈썹이 눈과 뺨에 그늘을 드리우는 바람에 오늘따라 인상이 더 험악해 보였다. 이마를 비스듬히 가로지르는 흉터가 햇살을 받아 검푸른 색으로 반짝거렸다. 어린 시절 어느 불운한 날 얻은 흉터였다. 몹시 엄격했던 어머니가 무슨 일 때문인지 분노가 폭발해 주먹을 치켜들었는데, 그 순간 공포에 휩싸인 라이문트가 거실을 가로질러 달아나다가 그만 발을 헛디뎌 한쪽에 쌓여 있던 장작더미에 머리부터 거꾸로 처박힌 것이다. 그때 생긴 흉터가 나이가 들수록 점점 커졌고 자연스레 그의 얼굴의 일부이자 트레이드마크가 되었다. 아마 이 흉터만 없었더라면 라이문트도 미남이라는 소리를 들었을 것이다.

세 번째 동행자는 울리히였다. 세상에 화낼 일이 뭐가 있냐는 듯 늘 입가에 천진난만한 웃음을 달고 사는 매력적인 젊은이였다. 울리히는 자신에게 사람들의 이목이 집중되는 것을 좋아했다. 그래선지 오늘은 하늘색 조끼를 입은 데에다 와인색 꿩 깃털을 꽂은 챙 넓은 모자를 귀 밑까지 푹 내려쓰고 있었다. 마을에서 가장 나이가 많은 사람의 기억에도 지금까지 그런 옷차림을 한 농부는 본 적이 없었다. 그런데 그런 옷차림이 울리히한테는 썩 잘 어울렸다. 누가 지었는지 모르겠지만 더할 나위 없이 잘 어울리는 그의 별명처럼 '아름다운 울리('울리히'의 애칭—옮긴이)'는 계속해서 마을 사람들의 놀림을 받았다. 하지만 단지 어깨만 한 번 으쓱했을 뿐 그는 사람들 말에 개의치 않았다. 놀리는 사람들의 속마음에 질투심이 숨겨져 있다고 확신했기 때문이다. 사람들의 옷차림을 한 번만 획 둘러봐도 자신의 생각이 옳다는 것을 확인할 수 있었다.

미하엘과 울리는 잠시 서서 대화를 나눴다. 미뤄 둘 수 없는 재미난 이야기가 있었기 때문이다. 라이문트는 그 옆에서 습관처럼 목을 그르렁거리면서 풀밭에 침을 퉤퉤 뱉었다. 그는 혀끝을 가늘게 만 뒤 입술 사이로 혀를 쑥 내밀고 침을 뱉었다. 욕설도 한 번 내뱉은 뒤 마침내 세 사람은 출발했다. 근처에서 아침 산책을 하던 한 노인이 작별 인사로 그들에게 지팡이를 흔들어 주었다.

세 남자가 밧줄이 발견된 곳에 모였다는 소식은 금세 마을에 퍼졌다. 사실 어제 술을 마시느라 거의 밤을 새우다시피 했기 때문에 침대에서 빠져나오기가 몹시 힘들었다. 게다가 아침 햇살까지 괴롭혔는데도 그들은 오로지 밧줄에 대한 호기심 하나로 출발을 결심했다. 대체 이 이상한 이야기가 어떤 식으로 진행될지 맨 먼저 알고 싶었기 때문이다. 드디어 미하엘의 아내 안나가 모습을 드러냈다. 파란 눈이 영롱한 아름다운 여자였다. 초원으로 걸어가는 안나의 발걸음이 어찌나 사뿐사뿐하던지 꼭 발끝으로만 살짝 풀을 건드리는 것처럼 보였다. 만면에 가득한 미소는 모든 사람의 눈길이 금세 자신을 향하리라는 사실을 잘 알고 있는 자의 여유에서 나온 것이었다.

세 남자가 숲으로 떠난 지 15분이 지났다. 하지만 그들은 돌아오지 않았다. 어슬렁어슬렁 주변을 산책하며 기다리던 사람들의 입에서 탄식과 한숨이 새어 나오기 시작했다. 여기저기서 사람들이 고개를 흔들면서 서로 여러 가지 의미가 담긴 눈빛들을 주고받았다. 다시 15분이 지났지만 상황은 달라진 게 없었다. 사람들이 웅성대기 시작했다. 밧줄 끝을 찾는 데 시간이 이렇게나 많이 드나 하는 의문이 사람들 사이로 퍼져 나갔다. 지금까지 재미 삼아 해 보는 유쾌한 장난, 악의 없이 기분 전환 삼아 시작된 일, 추수를 시작하기 전의 무료함을 달래 주는 일종의 놀이가 갑자기 심각한 일이 되어 버렸다. 이미 한참 전부터 마을 주민들 전부 숲 가장자리에 모여들었다. 아침 이슬에 젖은 초원의 풀들이 사람들 발자국에 납작하게 짓밟혔다. 나무가 빽빽하게 들어차 있는 숲으로 다가가 두 손을 허벅지에 얹은 채 덤불숲 속을 들여다보려는 사람도 많았다. 하지만 숲속이 너무 어두컴컴해서 제대로 안 보였다.

두 시간이 지났다. 어디선가 뚝 소리가 나더니 멀리서 나뭇잎이 바스락거리는 소리가 들렸다. 나뭇가지를 옆으로 밀치는 소리에 이어서 아주 약하게 사람 목소리가 들렸다. 정확한 내용은 알아들을 수 없었지만 음색으로 봐서 미하엘인 듯했다. 가볍고 경쾌한 발걸음으로 초원으로 걸어오던 모습은 온데간데없어지고 아까부터 눈물을 억지로 참고 있던 안나가 흥분하며 두 손을 입가에 가져다 댔다.

"미하엘? …… 당신이에요? …… 우린 …… 모두 …… 여기서 기다리고 있어요!"

아무 대답이 없었다. 숲속에서 나는 바스락 소리가 점점 더 가까워졌다. 하지만 다가오는 속도가 이해할 수 없을 정도로 느렸다. 몇 마디 말이 들렸다가는 금세 다시 나뭇잎들이 바람에 쏴쏴 흔들리는 소리에 묻혀 버렸다. 농부 두 명이 사람들을 맞이하기 위해 숲으로 달려갔다. 덤불숲 속에서 웅얼거리는 소리가 들리더니 드디어 사람들 모습이 보였다. 라이문트가 맨 먼저 나왔다. 마치 탈진한 사람처럼 숨을 헉헉대고 얼굴에는 흙이 덕지덕지 묻어 있었다. 한 농부가 라이문트와 나란히 걸어왔고, 미하엘과 다른 농부는 뒤따라왔다. 네 남자가 울리의 다리와 어깨를 붙잡고 거의 들다시피 하면서 데려오고 있었다. 울리는 기절을 했는지 고개를 가슴팍까지 푹 수그린 채 사지를 축 늘어뜨리고 있었다. 그의 바지에서 피가 줄줄 흘러내렸다.

그들이 부상자를 풀밭에 눕혔다. 울리는 얼굴에 핏기가 하나도 없었고, 머리카락에는 풀과 이끼가 잔뜩 묻어 있었다. 깃털을 꽂은 모자는 어디론가 사라지고 없었다. 숲에서 잃어버린 게 분명했다. 이게 대체 무슨 일인가 싶어 마을 사람들이 눈을 휘둥그레 뜨고서 울리한테로 고개를 숙였다. 어떤 여자가 가슴

골에서 손수건을 꺼내 울리의 뺨을 톡톡 두드리며 땀을 닦아 냈다. 다른 여자는 울리 옆에 무릎을 꿇고 앉아서 정확한 이유도 없이 무작정 그의 두 손을 문질렀다.

미하엘과 라이문트가 바닥에 털썩 주저앉았다. 손가락 하나 까딱할 힘이 없을 만큼 지쳐 보였다. 라이문트가 연속해서 풀밭에다 침을 퉤퉤 뱉었다. 하지만 이번에는 혀끝을 말지 않았다. 침을 뱉을 기운조차 남아 있지 않는 듯했다. 한참 동안 알아들을 수도 없는 말만 웅얼거리던 두 사람이 마침내 더듬더듬 이야기를 털어놓기 시작했다. 날이 저물 때까지 똑같은 이야기를 수십 번도 넘게 한 덕분에 저녁나절에는 이야기에 자꾸 살이 붙어 제법 그럴싸한 스토리가 완성되었다. 그들이 전해 준 이야기는 다음과 같다.

아침에 그들은 숲속으로 30분 동안 걸어 들어갔다. 밧줄은 부드러운 곡선을 그리면서 끝없이 계속 이어졌다.

"세상에 태어나서 그렇게 긴 밧줄은 난생처음 봤어. 아마 자네들도 마찬가지일 거야. 나도 내 눈을 못 믿겠더라니까!"

개울에 도착했을 때 그들은 잠시 걸음을 멈췄다. 그때 가까운 곳에서 멧돼지가 꿀꿀거리면서 땅을 파헤치는 소리가 들렸다. 미하엘이 재빨리 활 쏠 준비를 한 뒤 울리한테 차고 있던 사냥칼을 건넸다. 둘은 멧돼지 무리를 향해 살금살금 다가갔다.

"우린 그 일이 재앙을 불러올 줄은 상상도 못했네. 해는 길고 밧줄은 금세 끝날 줄 알았거든!"

갑자기 수돼지 한 마리가 그들에게로 달려오는 게 보였다.

"무시무시한 놈이었어. 덩치가 어찌나 큰지 처음에 나는 멧돼지 서너 마리가 한꺼번에 달려오는 줄 알았지 뭔가. 발밑에서 땅이 마구 흔들릴 정도였네."

미하엘은 너무 놀라 화살을 장전하는 데 실패했고 두 사람은 뒤돌아서 달아나기 시작했다. 그런데 울리가 나무뿌리에 발이 걸려 고꾸라졌고, 다시 몸을 일으키기도 전에 멧돼지가 벌써 그를 덮쳤다. 다행스럽게도 이번에는 미하엘이 활시위를 당기는 데 성공했고, 날아간 화살이 멧돼지 옆구리에 맞았다. 멧돼지는 꿀꿀거리면서 울리한테서 떨어져 발을 질질 끌면서 달아났다.

"난 그놈을 끝까지 추적해서 끝장내고 싶었지만 그럴 수가 없었어. 울리를 살펴봐야 했거든. 울리가 어찌나 크게 비명을 질러 대던지 꼭 도살장 안에 들어와 있는 기분이었네! 젠장, 아직도 내 귓가에서 울리의 비명 소리가 들리는 것 같네."

마침내 라이문트가 두 사람이 있는 곳까지 다가왔고, 미하엘과 라이문트는 힘을 모아서 부상당한 울리의 팔과 다리를 부축해 마을로 걸어가기 시작했다.

위대한 출발

　새벽에 숲 가장자리로 다시 사람들이 몰려들었다. 어깨에 식량 주머니를 둘러메고 허리춤에는 올가미와 가죽 수통을 찬 남자 열두 명이 설레는 표정으로 출발을 기다리며 모여 있었다. 그들은 초조함을 애써 감추면서 필요 없는 물건들을 자꾸 주머니에 찔러 넣는 아내들을 포옹한 뒤 주위에서 뛰어다니며 장난치고 있는 아이들 머리를 쓰다듬어 주었다.

　엊저녁에 농부들은 다시 그 떡갈나무 아래 모여 술도 안 마신 말짱한 정신으로 한밤중까지 밧줄 문제를 어떻게 해결할 것인지에 대해 토론을 벌였다. 그들은 밧줄의 정체를 알 수 있는 단서가 하나도 없다는 결론에 이르렀고, 그 밧줄의 수수께끼를 풀기 위해 오늘 아침 다 같이 숲에 들어가 보기로 했다. 물론 미하엘 일행이 들어갔던 지점보다 더 깊숙한 곳까지. 시간이 얼마나 걸릴지는 아무도 예측할 수 없었다. 하지만 늦어도 오후까지는 다시 마을로 돌아와 추수를 시작할 수 있으리라고 믿었다.

그 혼잡스러운 무리 한가운데에 키가 작고 체격이 왜소한 남자가 하나 끼여 있었다. 예리하고 현명해 보이는 까만 눈이 유독 눈에 띄었는데, 그것 말고도 여러 면에서 농부들과는 달라 보였다. 바로 교사인 라우크였다. 그는 이 마을에서 걸어 이틀 정도 걸리는 거리에 있고 규모도 약간 더 큰 시장통 마을의 주민인데, 아이들한테 읽기와 쓰기를 가르치기 위해서 간헐적으로 이 마을을 방문했다. 늘 그랬듯이 엊저녁에도 그는 사전 연락도 없이 불쑥 마을에 나타났고, 나무 그늘 아래에서 열린 남자들의 모임에 참석했다. 그런데 거기서 오간 이야기에 완전히 마음을 빼앗겨 오늘 아침 자신도 같이 따라가겠다고 고집을 부렸다.

사실 마을 사람들과 라우크 사이에는 약간 거리감이 있었다. 다들 라우크를 존경했지만 드러내 놓고 말하지 못했을 뿐 존경심만큼이나 강한 거부감이 사람들 마음 한구석에 은밀하게 자리 잡고 있었다. 라우크가 아이들한테 좋은 자극을 주고 조금이라도 교양을 쌓게 해 주려고 애쓰는 것은 높이 평가했다. 하지만 농부들이 보기에 그는 상당히 수상쩍은 사람이었다. 그와 단 몇 마디만 이야기를 나눠 봐도 농부들은 금세 이상하다는 느낌을 받았다. 그는 정체를 알 수 없을 뿐만 아니라 묘하게 위협적인 느낌을 주었다. 한쪽 발이 기형인데 그 발을 질질 끌면서 걷는 걸음걸이도 그런 인상을 강화하는 데 한몫 거들었다. 라우크에 대한 뒷담화는 늘 사람들한테 즐거움을 주었고 몇날 며칠을 그에 대한 이야기만으로 채울 수 있을 정도였다. 라우크가 '비범한' 인물이라는 데에는 의견이 일치했다. 하지만 그의 바짓단 밑으로 삐죽 튀어나온 커다란 구두를 놀린 것이 아이들만은 아니었다.

적갈색 줄무늬가 있는 커다란 개 두 마리가 연신 꼬리를 흔들고 구슬프게 울면서 라우크 주위를 맴돌았다. 숲속에서 혹시 만날지도 모를 위험으로부터 자신을 지키기 위해 라우크가 데려가는 사냥개들로, 이름은 토르와 헤처였다. 사냥개들이 최대한 사람들이 공포심을 느끼게 하려고 이빨을 드러내 놓고 으르렁거리는 바람에 농부들의 대화가 번번이 중단됐다. 심지어 으르렁거리지 않을 때에도 송곳니가 보이는 주둥이를 크게 벌린 채 자꾸 목을 뒤로 젖히는 바람에 라우크가 목줄을 놓치지 않으려고 안간힘을 써야 할 정도였다.

둥글넓적한 얼굴에 키가 작고 약간 뚱뚱한 요한네스가 몇 발자국 떨어진 지점에서 팔짱을 끼고는 언짢은 표정으로 남자들 무리를 지켜보고 있었다. 엊저녁 회의에서 여자들과 아이들을 보호하기 위해 마을에 남아 있을 남자로 자신이 뽑혔기 때문이다. 자발적으로 마을에 남아 있겠다고 나서는 사람이 하나도 없어서 동전던지기로 결정하기로 했는데 하필이면 그게 자신에게 떨어질 줄 누가 알았겠는가. 그는 지금 입을 한일자로 꾹 다물고는 잔뜩 심술이 난 어린아이처럼 온몸으로 불만을 표현하고 있었다. 원정대에 포함되지 못했다는 사실이 그에게 얼마나 큰 좌절감을 안겨 주었는지 분명히 알 수 있었다. 하지만 그에게 위로의 말을 건네는 사람은 하나도 없었다. 다들 다른 사람들과 이야기를 나누느라 그에게 신경 쓸 겨를이 없었다. 간혹 그의 얼굴을 쳐다본 경우에도 동정심을 느끼기는커녕 오히려 비죽비죽 입꼬리가 올라가는 것을 겨우 참는 듯했다.

안나가 남편을 껴안았다. 그녀는 진심으로 남편을 말리고 싶었다. 어제 남편을 기다리는 동안 느낀 공포심이 아직도 생생했다. 그녀는 한참 동안 남편의 귀에 입술을 대고 작은 소리로 속닥거린 다음 마치 영원히 이별하는 사람들처럼 초원에서 꽃을 한 송이 꺾어다 남편의 재킷 단춧구멍에 꽂아 주었다. 미하엘은 만면에 미소를 지으면서 아내의 행동을 지켜보았다. 하지만 표정으로 미루어 보건대 이 일을 별로 대수롭게 여기지 않는 것 같았다. 마침내 그가 거칠게 아내를 품에서 떼어 낸 후 두 팔을 머리 위로 들어 올려 박수를 쳤다.

"어이, 여보게들! 오래 기다렸네! 이제 그만 떠나도록 하세. 출발 시간이 다 됐어!"

하지만 아무도 그의 말에 귀를 기울이지 않고 그냥 무시했다. 대체 그에게 누가 출발 지시를 내릴 권한을 주었단 말인가. 30초 후 그가 다시 손뼉을 쳤지만 이번에도 역시 무시되었다. 그 후에도 몇 번 더 출발을 독촉해 봤으나 결국 사람들의 호응을 얻지 못한 채 자존심만 구겨진 미하엘은 초조한 기색으로 안나의 옆에서 기다렸다. 그 기회를 놓칠세라 안나가 다시 두 팔로 남편을 포옹했고, 그제야 비로소 남자들은 슬슬 움직이기 시작했다.

아그네스는 집으로 돌아갔다. 집에 들어가 보니 젖먹이 엘리자베트가 눈을 뜬 채 요람에서 몸을 버둥거리며 엄마를 기다리고 있었다. 배가 많이 고팠는지 칭얼거리던 목소리가 비명으로 넘어가기 일보직전이었다. 엘리자베트를 안고 거실로 들어서는데 곰팡내처럼 퀴퀴하고 자극적인 냄새가 코를 찔렀다. 누가 그녀의 목을 조르는 것 같은 기분이었다. 울리한테서 나는 냄새였다. 마을에 일가친척이 전혀 없는 부상자 울리를 베른하르트와 그녀가 집으로 데려온 것이다. 그는 거실 한가운데에 임시로 가져다 놓은 간이침대에 누워서 자고 있었다. 엊저녁에 아그네스가 부상당한 다리를 수건으로 감아 놓았는데 밤사이에 심하게 부어올랐을 뿐만 아니라 그 부위가 감염되었는지 아침이 되자 시뻘겋게 달아오르기 시작했다. 울리는 숨 쉬는 것도 버거운지 몹시 거칠게 숨을 내쉬었다. 마치 가슴팍에 무거운 추를 하나 올려놓은 사람처럼 숨을 쉴 때마다 끙끙대며 겨우 숨을 들이마셨다. 안 그래도 멧돼지한테서 입은 부상은 뒤끝이 좋지 않다는 소문이 있어 농부들도 크게 두려워하는 것이었다.

아그네스가 젖먹이를 품에 안고서 울리의 침대 곁에 앉아 원피스 단추를 풀었다. 엘리자베트는 벌써 잔뜩 기대하는 눈빛으로 엄마의 젖을 찾아 혀를 놀리기 시작했다. 아침 햇살이 부드럽게 들이치는 잘 정돈된 소박한 거실에 침묵이 흘렀다. 침묵을 깨뜨리는 것은 단지 거친 휘파람 소리 같은 울리의 숨소리와 엘리자베트가 행복하게 젖을 빠는 소리뿐이었다. 울리의 이마에는 나이에 걸맞은 주름살이 있었다. 그가 입술을 약간 씰룩거리는 바람에 얼굴이 기괴하고 이상하게 일그러졌다. 별로 인정하고 싶지는 않지만 그런데도 울리의 얼굴은 사람의 마음을 끄는 독특한 매력이 있었다. 부상은 그의 순박한 매력에 아무런 손상도 입히지 못했다. 손상은커녕 오히려 고통의 흔적들이 원래의 순박한 매력에 성숙한 남성의 체취를 더해 주었다. 순박하고 유쾌하고 건강한 울리한테는 늘 단점이자 아쉬움으로 남아 있던 부분이 부상으로 인해 보완된 셈이었다.

아그네스가 침대 서랍에서 수건을 꺼내 울리의 이마를 조심스럽게 닦아 주었다. 턱이 움직이기 시작했다. 수염이 덥수룩하게 자란 얼굴의 근육들이 씰룩거렸고 이빨들이 둔탁하게 서로 부딪치는 소리가 들렸다.

침묵

그날 오전 여자들은 평소처럼 생활하면서 시간을 보냈다. 이따금씩 한두 사람이 혹시 남자들의 목소리와 개 짖는 소리가 들릴까 하는 기대를 품고 잠시 숲으로 가 귀를 기울이다가 돌아왔다. 시간이 꽤 흐른 뒤 숲 가장자리의 그 장소에 서서히 사람들이 하나둘씩 모여들었다. 사람들은 남자들을 기다리면서 남자들이 몇 시쯤 돌아올지, 또 그들이 무슨 이야기보따리를 풀어 놓을지 등에 관해 편안한 마음으로 잡담을 나누었다. 다들 잔뜩 기대에 부풀어 있었다. 사냥이나 벌목을 나간 남자들을 기다릴 때면 늘 그랬듯이 여자들은 벌써 집에다 잔칫상 버금가게 저녁상을 차려 놓고 나왔다.

낮 시간이 훌쩍 지나갔다. 시간이 흐를수록 사람들의 말수가 눈에 띄게 줄어들었다. 긴장감이 돌기 시작했고, 즐겁게 환담을 나누던 분위기가 무겁게 가라앉았다. 여기저기서 절반쯤은 장난이고 절반쯤은 걱정스러운 목소리로 남자들에 대한 투정과 불평들이 슬슬 터져 나왔다. 아무 일도 안 하고 계속 서서 기다리는 게 생각보다 힘들었다. 다리도 아프고 인내심도 점차 바닥나기 시작했다. 잠시 사지를 쭉 뻗고 의자에 편히 앉아 쉬기 위해 집으로 돌아가는 사람들이 생겼다. 하지만 밖에서 서성거리며 기다리는 것보다 마음이 더 불편했는지 집으로 돌아갔다가도 금세 다시 돌아왔다.

해가 뉘엿뉘엿 지기 시작하자 사람들은 이제 당혹감에 휩싸였다. 비록 입 밖으로 말을 꺼내지는 못했지만 다들 불안한 기색이 역력했다. 드디어 최초의 공포가 시작된 것이다. 남자들이 아직까지 집에 못 돌아오는 이유가 대체 뭘까? 맞아, 숲속으로 들어가는 데 시간이 많이 걸려서 그럴 거야. 여자들은 스스로 그렇게 말하면서 자신들을 위로했다.

하지만 해가 다 졌는데도 결국 남자들이 집으로 돌아오지 않았다는 것, 그래서 오늘 중으로 추수를 시작할 거라던 자신들의 약속을 지키지 않았다는 것은 당혹스러운 일이 아닐 수 없었다. 남자들한테 집으로 돌아오지 못하게 만드는 무슨 일이 벌어진 게 분명했다. 대체 무슨 일일까?

나무우듬지를 비추던 마지막 석양빛까지 전부 사라졌을 때 여자들은 그만 기다리기로 했다. 숲속은 한 치 앞을 내다볼 수 없을 만큼 깜깜할 테니 설사 남자들이 마을 근처까지 왔다고 해도 오늘밤은 숲속에서 보낼 수밖에 없을 것이다. 집집마다 준비된 풍성한 식탁은 간혹 배가 너무 고픈 여자들만 앉아서 음식을 깨지락거리고 있을 뿐 대부분 손도 안 댄 채 그대로 남아 있었다.

다음 날 마을에는 꼭두새벽부터 숨 막히는 긴장감이 감돌았다. 날이 밝기도 전에 여자들이 초원을 가로질러 숲 가장자리로 걸어가는 모습이 보였다. 그들은 한참 동안 숲 쪽으로 귀를 쫑긋 세우고 기다리다가 무거운 발걸음으로 다시 집으로 돌아갔다. 밧줄이 시작된 곳에는 사람의 발길이 끊길 때가 단 한 순간도 없었다. 남자들이 숲에서 나오는 모습을 최대한 빨리 알 수 있도록 누군가는 계속 그곳을 지키고 있어야 한다고 이심전심으로 생각한 것이다. 그렇다고 평소에 하던 일을 완전히 내팽개칠 수는 없었다. 여자들은 아이들도 보살피고 집안일도 하고 가축도 돌봐야 했다. 물론 남편들 없이 혼자서 전부 감당해야 했기 때문에 다른 때보다 몇 곱절 더 힘들었다.

아그네스는 울리의 병구완에 최선을 다했다. 남편이 다쳤다고 해도 이보다 더 잘 보살필 수는 없었을 것이다. 그렇게라도 해야 우울한 잡념들을 떨쳐 버릴 수 있을 것 같았기 때문이다. 이렇게 심각한 부상을 입은 사람도 있는데 남편이 건강한 건 그나마 다행이 아닌가 생각하면서 그녀는 다정다감한 태도로 울리의 간호에 열중했다. 하지만 스멀스멀 피어오르는 불안감은 어쩔 도리가 없었다. 자꾸 똑같은 의문이 떠올랐다. 베른하르트는 한 번 약속한 것은 성실하게 지키는 사람인데, 그런 사람이 왜 아내인 나를 이렇게 불안하게 만드는 것일까? 그는 분명히 지금 내가 어떤 기분일지, 또 얼마나 걱정하고 있을지 잘 알 것이다. 그걸 잘 아는 사람이―그 점에 관해서는 추호도 의심하지 않았다―왜 아직까지 안 돌아오는 것일까? 그는 대체 무슨 이유로 이 소모적인 기다림을 끝내 주지 않는 것일까?

물론 아직까지는 남편한테 무슨 심각한 사태가 벌어졌으리라고 생각하지 않았다. 베른하르트가 나중에 제때 집에 못 돌아온 이유에 대해 충분히 납득할 만한 해명을 해 줄 것이다. 남자들의 발길을 붙잡은 것이 전혀 위험하지 않은 일이었으면 좋겠지만 설사 정말로 무슨 일이 벌어졌다 해도 바깥일을 하는 남자들한테 충분히 일어날 법한 일, 또 그들이 충분히 해결할 수 있는 일일 것이다. 숲으로 들어간 남자들은 다들 유능한 사냥꾼이자 훌륭한 궁수였다. 게다가 라우크가 무시무시한 사냥개까지 데려갔는데 걱정할 이유가 뭐란 말인가.

울리는 상태가 너무 위중했다. 열이 펄펄 끓었고 온몸을 사시나무 떨듯 했다. 첫날보다 상태가 더 악화된 듯했다. 가끔씩 눈을 뜨고 멍하니 허공을 쳐다봤지만 정신은 계속해서 혼미했다. 그는 자신에게 무슨 일이 일어났는지 기억하지 못했을 뿐만 아니라 지금 자신이 남의 집 침대에 누워 있다는 사실도 깨닫지 못했다.

한번은 마치 정신착란을 일으킨 것처럼 헛소리를 했다. 숨을 헉헉대고 고개를 좌우로 마구 흔들면서 알아들을 수 없는 말을 중얼거렸다. 그러다 느닷없이 고개를 뻣뻣이 치켜들고 침대에서 벌떡 몸을 일으키고는 손가락으로 뭔가를 가리켰다. 그리고 눈을 휘둥그레 뜨면서 옆에 앉아 있는 아그네스를 쳐다보았다.

"아그네스……? 왜…… 왜…… 당신이 여기 있는 거죠? 대체 무슨 일이…… 무슨 일이 있었던……?"

아그네스는 울리의 어깨에 두 손을 올려놓은 뒤 부드러운 미소를 지으면서 그를 다시 눕혔다.

"겁먹지 말아요, 울리. 모든 게 다 잘될 거예요. 아무 걱정할 필요 없어요. 당신은 지금 따뜻한 침대에 누워 있고 내가 당신 곁에 있어요."

"하지만…… 하지만…… 왜……?"

"당신은 지금 몹시 아파요, 울리. 다리에 큰 부상을 입었거든요. 그래서 베른하르트와 내가 당신을 우리 집으로 데려왔어요. 당신은 혼자가 아니에요. 자, 이제 말은 그만하고 좀 쉬도록 해요……."

그녀는 마치 영문을 몰라 어리둥절해 하는 어린아이한테 설명하듯이 부드러운 말로 울리를 달랬다. 하지만 그건 자신을 달래는 말이기도 했다.

요한네스는 기분이 몹시 좋아 보였다. 그는 사사건건 시비를 걸며 여자들이 고개를 절레절레 흔들게 만들었다. 솔직히 분위기만 이토록 심각하지 않았더라면 당하고만 있을 여자들이 아니었다. 당하기는커녕 오히려 노골적이고 심술궂게 그를 조롱했을 것이다. 그는 지금까지 단 한 번도 마을 사람들의 존경을 받은 적이 없었다. 존경은커녕 단순하고 무식한 얼간이라는 평이 지배적이었다. 말주변이 없어 자기 생각을 제대로 표현하지도 못하는 사람, 그와 무슨 일을 도모했다가는 일을 전부 그르칠 게 뻔한 그런 사람 말이다. 그런 인물이 지금 마을에 남아 있는 유일한 남자라는 이유만으로 권위를 내세우며 거들먹거리고 있으니 어찌 눈꼴시지 않겠는가.

그는 하루 온종일 점잔 빼는 양반걸음으로 순찰하듯 마을을 몇 바퀴씩 돌았고, 집집마다 현관문을 두드리며 아무 이상이 없는지 확인한 뒤 시답잖은 충고를 늘어놓았다. 은근슬쩍 마을의 지킴이 역할을 자처하고 나선 것이다. 그런데 혹시 일부러 그러나 싶은 의심이 들 정도로 그는 계속 사람들의, 특히 여자들의 신경을 거슬렀다. 지킴이를 자처했지만 자신의 말발이 제대로 선다는 확신이 없어 계속 소심한 곁눈질로 사람들의 표정을 살폈고 여자들 표정에서 자신의 기대와 다른 것을 확인할 때마다 점점 더 불안해 했다.

셋째 날이 밝았다. 주민 모두 가슴에 돌덩이가 하나씩 얹혀 있는 기분으로 새날을 맞았다. 이제는 다들 남자들한테 무슨 재앙이 일어난 게 분명하다고 생각했다. 하지만 어떤 재앙이 일어났을지 짐작조차 할 수 없었다. 침묵이 이어지면서 마을에 점차 음산한 기운이 감돌기 시작했다. 어디에서도 사람 목소리를 듣기 힘들어졌다. 크게 낙담하고 긴장한 터라 아주 사소한 대화조차 견딜 수 있는 정신적 여유가 없었다.

오후로 접어들자 몇몇 사람이 떡갈나무 아래 놓여 있던 벤치들을 숲 가장자리로 옮겼다. 밧줄 옆에서 기다리는 것은 힘든 일이었다. 노인들만 등이 뻣뻣해지고 발이 저리는 게 아니었다.

시간이 갈수록 풀밭에 주저앉는 사람이 늘었는데, 풀밭은 아침 저녁으로 이슬에 젖어 있었다. 떡갈나무 아래서 날라 온 벤치들이 이 불편함에 종지부를 찍어 주었다.

저녁때가 되자 마을 주민들이 속속 숲 가장자리로 모여들었다. 하루 일과는 물론이고 기분 전환 삼아 했던 다른 일들도 전부 마친 뒤였다. 나무 위로 달이 떠올랐다. 여자들은 어슴푸레한 달빛을 받으면서 무표정한 얼굴로 앉아 있었다. 남편들이 오늘 안으로 돌아오기는 글렀다는 것을 이미 알고 있었다. 하지만 이렇게 다른 사람들과 벤치에 앉아 있는 것이 그나마 위안이 되었다. 다들 어둠을 채우고 있는 소리에 귀를 기울이면서 불길한 예감에 휩싸여 각자의 생각 속으로 빠져들었다. 숲속 어딘가에서 부엉이 울음소리가 작고 음산하게 들렸다. 그보다 더 가까운 곳에서는 뭔가가 앞발로 낙엽을 긁는 듯한 소리가 으스스하게 들렸다. 아마 쥐나 고슴도치일 것이다. 이따금씩 꽥꽥거리는 소리도 들렸다. 한밤중의 도둑 멧돼지가 먹이를 뜯어먹는 소리였다.

계속 전진!

    남자들은 느슨한 일렬종대 대형으로 길게 늘어서 힘차게 행군을 계속했다. 숲 초입에는 나무들이 빽빽하게 들어서 있었는데 안으로 들어갈수록 나무들 간격이 점차 멀어졌다. 마을을 빙 둘러싸고 있던 전나무도 너도밤나무에 자리를 내주었다. 너도밤나무들이 마치 은색 기둥처럼 은은하게 반짝거리면서 하늘로 높다랗게 솟아 있었다. 가벼운 산들바람이 불어왔다. 공기가 서서히 따뜻해지더니 쨍쨍한 햇빛이 나무우듬지를 뚫고 바닥까지 내려와 너울너울 춤을 추었다. 라우크가 사냥개들을 풀어 주었다. 마치 이 순간이 오기만을 기다렸다는 듯 사냥개들이 몇 번 껑충거리다가 혀를 붉은색 풍향지시기처럼 주둥이 밖으로 길게 늘어뜨린 채 전속력으로 내달렸다. 사냥개들은 자꾸 뒤를 돌아보면서 나무 기둥에 부딪힐 듯 말 듯 아슬아슬하게 나무들 사이로 빠져나갔다.

농부들은 행복했다. 그들은 계속해서 앞쪽에 있는 어두컴컴한 덤불숲을 응시했다. 하지만 어디로 갔는지 밧줄이 잘 안 보였다. 햇빛 때문에 흐릿하게 빛나던 밧줄이 어느새 다시 연한 갈색 나뭇잎들 사이로 사라져 버린 것이다. 밧줄의 끝은 어디에서도 찾을 수 없었다. 굵은 실처럼 계속 이어지다가 어느 순간 다시 나무 기둥들 사이로 모습을 감춰 버린 것이다. 밧줄은 시간이 갈수록 농부들한테 점점 더 중요한 의미를 지니게 되었다. 그들은 마을 역사상 지금까지 단 한 번도 없었던 중요하고 불가사의한 일을 경험하고 있다는 강렬한 자부심을 느꼈다.

정오쯤 그들은 잠시 휴식을 취했다. 다들 낙엽 위에 대자로 드러누웠다. 식량 주머니에서 음식도 꺼내 먹고 가죽 수통에서 물이나 맥주도 따라 마셨다. 해가 중천에 떠오르는 동안 숲에는 따스한 온기가 퍼졌다. 먹구름이 잔뜩 끼어 꽤 쌀쌀했던 어제 날씨와는 영 딴판이었다. 모두 땀을 삐질삐질 흘리고 꾸벅꾸벅 졸면서 나뭇잎 사이로 파란 하늘을 올려다보았다. 밧줄은 마치 그들 일행의 짐인 양, 그래서 그들과 함께 잠시 휴식을 취하는 것처럼 그들 옆에 있는 낙엽들 속에 놓여 있었다.

꽤 시간이 지났을 때 베른하르트가 자리에서 일어나 당혹스러운 표정으로 남자들 사이로 걸어 들어갔다. 마음에 걸리는 일이 있어 아까부터 말을 꺼내고 싶었지만 워낙 성격이 소심해 계속 사람들 눈치를 보다가 더는 안 되겠다 싶어 마침내 입을 뗀 것이다.

"이보게들, 잠깐만 주목해 주게. 우린 벌써 반나절이나 걸어 왔네. 이제 슬슬 집으로 돌아가는 문제를 생각해 봐야 할 것 같은데, 안 그런가?"

하지만 아무도 그의 말에 귀를 기울이지 않았다. 다들 나른한 휴식을 즐기면서 각자의 생각에 빠져 딴 세상에 가 있었다. 나무에 등을 기댄 채 훈제소시지를 먹고 있던 미하엘이 짜증 섞인 눈빛으로 베른하르트를 쳐다보았다. 식사를 방해하지 말라는 뜻 같았다. 라우크는 두 다리를 쭉 뻗은 채 침을 질질 흘리며 주둥이를 벌리고 있는 사냥개들한테 고기 조각을 던져 주느라 아무 소리도 못 들은 듯했다.

"우린 이미 충분히 멀리 왔네." 베른하르트가 침묵하고 있는 사람들을 향해 다시 한 번 말했다. "자네들은 그렇게 생각하지 않나? 이제 마을로 돌아가야 할 때야. 안 그러면 제시간에 도착할 수 없어."

남자들은 서로 은밀하게 불쾌하다는 눈빛을 주고받았다. 누군가 잘 알아들을 수 없는 말로 투덜거렸다. 욕설 같았다. 몇 사람은 일부러 더 티를 내며 먹는 데 집중했다. 눈치를 보아 하니 당장 집으로 돌아가고 싶은 사람은 하나도 없는 듯했다. 모두 아직까지는 힘이 넘쳤다. 모험심 때문이었다. 그들을 이곳까지 이끌어 온 욕망, 즉 완전히 다른 존재의 정체를 밝히고자 하는 욕망이 아직 충족되지 않았던 것이다.

누군가 소리쳤다.

"어이, 베른하르트. 제발 과장 좀 하지 말게. 아직은 시간이 넉넉해⋯⋯. 이제 겨우 점심때란 말일세. 그러니 우린 좀 더 갈 수 있네!"

"내 말이 그거네! 도대체 급할 게 뭐가 있다고! 우린 전혀 멀리 온 게 아니야."

미하엘이 손가락을 입에 집어넣어 어금니 사이에 낀 소시지 조각을 빼낸 다음 마치 아무도 생각 못한 중요한 이야기를 한다는 듯 거들먹거리며 말했다. "맞아, 아직은 시간이 많아. 그러니 마음 편히 더 가도 돼. 우린 아직 급할 게 전혀 없어!"

사냥개한테 고기 조각을 다 던져 준 라우크가 식량 주머니를 끈으로 단단히 묶은 뒤 자신은 이미 행군을 계속할 채비를 마쳤다는 듯 바닥에 내려놓았던 활과 화살을 집어 들고 미하엘에게 고개를 끄덕였다. 단순히 미하엘 말에 맞장구를 치는 게 아니라 그의 현명한 판단과 용기 있는 발언을 기정사실로 못 박기 위해서였다. 그런 다음 베른하르트에게로 돌아섰다.

"당신이 우리한테 시간을 일깨워 준 것은 아주 잘한 일이오. 사실 우리는 지금 여기 앉아서 노닥거릴 시간이 없소. 해가 벌써 중천에 떴으니 빨리 출발하는 게 좋겠소! 밧줄이 어떻게 된 건지 빨리 알아낼수록 더 일찍 마을로 돌아갈 수 있을 테니까."

자신의 말이 다른 사람들한테 먹히지 않았다는 것을 깨달은 베른하르트가 어깨를 으쓱했다. 농부들이 하나둘 자리에서 일어서면서 한마디씩 거들었다. 라우크 앞에서 뒷발로 버티고 서 있던 토르가 마치 자기도 계속 행진해야 한다는 쪽에 찬성표를 던진다는 듯 컹컹거리면서 라우크 어깨에 앞발을 올려놓았다. 서너 사람은 벌써 행장 보따리까지 둘러멨다. 이제 꿈지럭거리는 사람은 하나도 없었다.

오전 내내 평탄하게 이어지던 숲길이 약간 오르막길로 변했고, 그때부터는 완만한 경사의 언덕들이 오르락내리락하면서 계속 이어졌다. 나무들 사이로 저물어 가는 여름을 아쉬워하듯이 군데군데 연하늘색 꽃들이 무리 지어 피어 있는 모습이 꼭 작은 연못처럼 보였다. 밧줄은 마치 활을 뒤집어 놓은 것처럼 느슨하게 늘어진 채 언덕을 올라가기도 하고, 팽팽하게 당겨진 채 농부들의 머리 위로 지나가기도 하면서 계속 이어졌다. 그들은 숲속으로 자신들을 끌어들인 수수께끼의 흔적을 따라 계속 행군했다. 그런데 이상하게도 발걸음을 내디딜 때마다 오히려 수수께끼의 해답에서 점점 멀어지는 것 같은 기분이 들었다. 시간이 빨리 흘러갔지만 아무도 그것에 주목하지 않았다. 앞으로 나아가고자 하는 열망이 너무 강렬했기 때문이다. 심지어 베른하르트까지 입을 꾹 다물고 있었다.

어느덧 뉘엿뉘엿 땅거미가 깔리고 은색 너도밤나무가 어슴푸레하게 보이기 시작할 무렵 남자들은 거의 녹초가 됐다. 하루 온종일 힘차게 행군해 온 대가였다. 한쪽으로 개울이 흘러가는 커다란 분지에 이르렀을 때 그들은 마침내 행군을 멈추고 그곳에서 하룻밤을 묵기로 결정했다. 마른 나뭇가지들을 주어다 모닥불을 피우고 점심때 먹다 남긴 식량들을 꺼냈다. 오는 도중 채취해 주머니에 넣어 두었던 버섯과 나무 열매들을 보탰다. 허기가 가시자 다들 기분이 좋아졌고 하루를 편안하게 마무리하기에 아무런 아쉬움이 없었다.

베른하르트가 다시 무리 한가운데로 들어가 동료들의 주목을 끌기 위해 손을 치켜들었을 때 모두가 불쾌한 표정으로 그를 쳐다보았다.

"우린 오늘 하루 온종일 걸어왔네. 오후까지는 집으로 돌아가겠다고 했던 우리의 약속은 어떻게 된 건가? 우린 그 약속을 깨뜨렸네. 아내들의 기다림을 헛되게 만들어 버렸단 말일세."

농부들은 영 마뜩지 않다는 표정으로 아무 말 없이 땅바닥만 응시했다. 모닥불 옆에 앉아 굵은 나뭇가지를 허벅지에 올려놓고 계속해서 툭툭 부러뜨리고 있던 라이문트가 야유하듯이 누런 이빨을 드러내며 씩씩거렸다.

"우린 내일 새벽에 집으로 돌아가야 하네." 베른하르트가 말을 이었다. "더는 여기서 지체할 시간이 없단 말일세. 마을로 돌아가는 데는 꼬박 하루가 필요하네. 꼬박 하루!"

"그만해, 젠장! 이봐, 베른하르트, 우리한테 그걸 상기시켜 줄 필요 없네!" 라이문트가 나뭇가지를 부러뜨려 두꺼비 같은 양손에 움켜쥐고는 몸을 부르르 떨면서 소리를 꽥 질렀다. "마을까지 돌아가는 길이 얼마나 먼지는 우리도 잘 알고 있으니까!"

베른하르트는 치밀어 오르는 화를 꾹꾹 참으면서 조용히 라이문트의 얼굴을 쳐다보았다.

"대체 왜 이런 식으로 반응하는 거지? 우린 아내와 아이들을 생각해야 되네. 집에서 다들 걱정하고 있을 거 잘 알지 않나? 어쩌면 여자들은 지금쯤 떡갈나무 아래서 회의를 하고 있을지도 모르네. 숲 가장자리에서 목이 빠져라 우리를 기다리고 있든지. 우리가 아직까지 집으로 돌아오지 않는 것을 가족들은 어떻게 생각하고 있을까?"

"1절만 해, 베른하르트!" 이번에는 미하엘이 끼어들었다. "대체 자네가 원하는 게 뭐야? 우리가 오늘 오후까지 마을로 돌아가겠다고 약속한 건 맞아. 하지만 세상일이라는 게 어디 꼭 계획대로만 되던가?"

"맞아. 바로 그거야." 다른 남자가 소리쳤다. "사람이 융통성이 좀 있어 봐. 상황이 달라지면 대응책도 달라지는 법이야. 그러는 자네는 왜 아직까지 여기 남아 있는 겐가, 베른하르트? 그러는 자넨 벌써 돌아갔어야 하지 않나, 안 그래?"

베른하르트가 시선을 옆으로 피했다.

"그래……. 자네 말이 맞아……. 나 역시…… 이곳까지 같이 왔네……. 하지만 분명히 말하는데, 나는 더는 못 가네! 우린 돌아가야 해! 추수가 코앞이야. 추수를 더는 미룰 수 없다는 말일세. 하루하루 지날수록 추수하기 어려워질 수도 있네. 내일 당장 날씨가 확 바뀔 수도 있네!"

그의 말은 농부들한테 강렬한 인상을 주었다. 베른하르트는 마을에서 합리적인 사람으로 통했다. 끽해야 일 년에 한두 번 술에 취할까 말까 할 정도로 융통성이 없고 고지식한 남자이기는 했지만 그의 판단력은 믿을 만했다. 사실 그가 한 말은 다들 마음속으로 한 번씩 자신에게 했던 말이었다. 안 그래도 계속 추수 문제가 마음에 걸리던 참이었다. 아내들한테 아무 소식도 못 전한 것도 꺼림칙했다. …… 그런데도 마음 한구석에서 반감이 싹텄다. 이 원정에 대한 기대가 매우 컸던 만큼 지금 그들의 머릿속에는 온통 밧줄 생각뿐이었다. 그런데 벌써 이 위대한 모험을 중단하고 집으로 돌아간다는 것은 도저히 받아들이기 힘들었다. 자신들과 하등 다를 게 없는 사람, 자신들보다 더 현명하다고 인정할 만한 이유가 전혀 없는 사람의 경고를 받아들이기에 농부들은 자존심과 고집이 너무 셌다. 대체 베른하르트는 뭘 믿고 저렇게 주제넘은 짓을 하는 거지?

"내 생각은 이렇소, 베른하르트. 우린 아직 귀환을 미룰 수 있는 시간적 여유가 있소."

그 말을 한 사람은 라우크였다. 라우크는 일행들로부터 꽤 떨어진 분지 가장자리에서 기형적인 발을 감추기 위해 다리를 꼬고 앉아 있었다. 그는 냉소적인 미소를 지으면서 사람들을 내려다보았다.

"오늘은 날씨가 아주 화창했소. 베른하르트, 당신도 그건 인정할 거요. 햇볕도 쨍쨍 내리쬐고 하늘에는 구름 한 점 없었소. 그건 여름이 되돌아왔다는 뜻이오! 그래서 말인데, 베른하르트, 내 생각에는 추수를 너무 걱정할 필요는 없을 것 같소. 내일 조금만 더 숲속으로 들어갔다가, 아마 한두 시간이면 충분할 거요, 다시 집으로 돌아가는 거요. 그럼 시간이 충분하오."

라우크는 가끔 제스처까지 동원해서 또랑또랑한 목소리로 조리 있게 사람들을 설득했다. 그는 강조해야 할 부분, 즉 본인이 중요하다고 생각하는 대목에서 두 손을 아주 효과적으로 사용하는 법을 알고 있었다.

"베른하르트, 당신이 우리한테 일깨워 준 게 하나 있소. 우리가 '약속'을 했다는 사실이오. 맞소, 우린 그렇게 약속했고, 약속은 지켜야 마땅하오. 그건 당신 말이 옳소……. 하지만 이 점 또한 생각해야 하오. 어제 우리가 오후까지는 집으로 돌아갈 거라고 약속했을 때는 아직 밧줄이 얼마나 깊이, 또 얼마나 비밀스럽게 우리를 숲속으로 끌어들일지 예상하지 못했다는 거요. 마찬가지로 우린 오늘 날씨가 이렇게 다시 좋아질 줄 미처 예상하지 못했소. 여름이 다시 한 번 우리한테 따뜻하고 화창한 나날들을 가져다줄 거라는 사실 말이오. 자, 이제 우리 한 번 솔직해져 봅시다. 우리가 잘못 생각했다는 것을 인정하자는 말이오. 우리의 약속은 잘못된 거였소! 애초에 약속이 잘못된 거였다면 그걸 깨뜨린다고 해서 문제 될 건 없다고 생각하오. 안 그렇소?

아내들과 아이들에 대해서 한마디만 더 하고 말을 마치겠소, 베른하르트. 나는 지금 이 상황이 그리 나쁘지 않다고 생각하오. 만약 우리 생각이 맞는다면 집에서 우리를 기다리고 있을 가족들을 걱정할 이유는 전혀 없소. 우리 일행은 장정들로만 열두 명이오. 게다가 활과 화살까지 지참하고 있으니 우리를 위험에 빠뜨릴 일은 전혀 없을 거요! 그러니 여자들 역시 우리를 걱정하지 않을 거라고 확신하오. 걱정은커녕 아마 이렇게 말할 거요. 남자들이 집에 돌아오지 못하는 데에는 그럴 만한 사정이 있을 거야,라고. 나중에 집에 돌아가 우리한테 무슨 일이 있었는지 이야기하면 여자들은 우리의 판단이 옳았다는 것을 이해해 줄 거요. 계속 숲속으로 들어가는 것 말고는 다른 방법이 없었다는 거 말이오⋯⋯."

라우크가 비쩍 마른 상체를 곧추세우며 단호함을 과시하려는 듯 팔을 쭉 뻗었다. 그게 사람들한테 꽤나 강렬한 인상을 주었다. 나무들 사이로 비쳐드는 저녁노을을 받아 장밋빛으로 물든 그의 얼굴에서 기품과 권위가 뿜어져 나왔다. 평범한 조명 아래서는 결코 우러날 수 없는 그런 분위기였다.

"여러분, 우린 지금 커다란 비밀 앞에 서 있소. 밧줄이 엄청나게 놀라운 비밀을 간직하고 있다는 것은 우리 모두 느끼고 있소. 오늘 아침 마을을 떠나올 때부터 우린 그걸 예감했고 지금은 그걸 확신하고 있소. 이런 엄청난 수수께끼에 매혹되지 않을 사람이 세상천지에 어디 있겠소. 우리가 그 수수께끼의 진실을 규명하고픈 열망에 사로잡힌 것은 너무나 당연한 일이오. 그런데 지금 우리가 이대로, 즉 아무것도 알아내지 못한 채 빈손으로 마을로 돌아가는 것은 멍청한 짓이오! 내일 새벽 우린 숲속으로 좀 더 들어가 보는 거요. 그 비밀이 풀릴 때까지. 조금만 더!"

라우크가 연설하는 동안 농부들의 몸은 옆으로 기울어졌고 입까지 살짝 벌어졌다. 아니, 살짝 정도가 아니었다. 다들 라우크의 달변에 매료된 동시에 당혹감도 느꼈다. 완벽하게 이해하지 못한 말도 더러 있었지만 전체적으로는 그의 말이 옳다고 다들 확신했다. 감동의 여운에 사로잡힌 농부들은 그의 연설이 끝났다는 것을 알면서도 기대에 찬 표정으로 계속 그를 쳐다보았다.

한참 뒤 미하엘이 맨 먼저 다시 몸을 움직였다.

"자, 다들 선생님 말씀 잘 들었지?" 그가 큰 소리로 외친 뒤 상기된 표정으로 엉덩이를 털면서 자리에서 일어섰다. "그럼 이 자리에서 내일 어떻게 할지 결정하도록 하지!"

미하엘이 분지 가장자리를 향해 몇 걸음 걸어갔고, 자연스레 라우크와 나머지 사람 사이에 서게 됐다.

"자, 거수로 결정하겠네. 내일 새벽 마을로 돌아가는 것에 찬성하는 사람?"

분지 맨 안쪽 바위에 걸터앉아 있던 베른하르트가 손을 들었다. 어디선가 숨을 헐떡이며 잔기침을 하는 소리가 들렸다. 스스로에게 용기를 불어넣으려는 시도 같았다. 그리고 정말로 그렇게 해서 용기를 얻었는지 한 남자가 양옆을 곁눈질하면서 천천히 그리고 애매모호하게 팔을 약간 들어 올렸다가 금세 다시 바지 주머니에 찔러 넣었다.

"알겠네. 그럼 두 사람이로군!"

미하엘이 결과에 자신감이 생겼는지 이번에는 벌써 입가에 승자의 미소까지 지으면서 더 큰 소리로 물었다.

"다른 사람들은 어떻게 할 작정인가? 자네들은 내일 새벽 계속 숲속으로 들어가 볼 텐가? 조금만 더, 밧줄의 끝이 나올 때까지?"

다들 그렇게 하기를 원했다.

새로운 재앙

나뭇가지들 사이로 새파란 하늘이 보였다. 새날도 어제처럼 화창한 여름 날씨를 약속해 주었다. 베른하르트는 초초한 모습으로 걸음을 재촉했다. 그는 단 일분일초도 낭비하고 싶지 않았다. 아그네스와 엘리자베트를 버려두고 이곳에서 시간을 더 지체할수록 자신의 죄가 더 커지는 기분이 들었기 때문이다.

얼굴이 시뻘건 뚱보 알프레드가 그와 동행하고 있었다. 그는 이미 마을 주민들 사이에서 존재감이 약해지는 연배에 들어선 인물로, 그가 사람들의 이목을 끄는 유일한 이유는 뚱뚱했기 때문이다. 그는 밭일을 하거나 가축을 돌볼 때 일에 방해가 될 정도로 배가 불룩 나와 날씨가 안 좋을 때는 조금만 과로해도 호흡곤란을 겪었다. 어제도 바로 그런 날이었다. 언덕의 경사가 상당히 완만했는데도 그는 행군하는 동안 진땀을 버적버적 흘렸고 일렬종대 맨 끝에서 겨우겨우 일행을 뒤따랐다. 그는 계속 뒤처지는 낙오자였고 자기 몸 하나 움직이는 것 말고는 아무것도 못하는 사람이었다. 이런 상황에서 계속 원정대를 따라가는 것은 무리였다. 그는 집으로 돌아갈 길만 생각해도 벌써부터 호흡이 가빠졌다.

베른하르트는 어제 투표 때 그의 뜻에 찬성하는 사람이 완전히 탈진한 알프레드 하나밖에 없는 것을 보고 농부 서너 명이 은근히 고소해 하던 것을 이미 눈치챘다. 마을에는 남이 잘 안 되는 것을 은근히 고소해 하는 심리가 만연해 있었다. 누군가 사람들의 멸시를 받으면 그걸 안타까워하기는커녕 오히려 내심 쾌재를 부르는 심리 말이다. 그러니 베른하르트한테 동조한 인물이 숨 쉬는 것도 힘들어 하는 거의 앉은뱅이나 다름없는 뚱보라는 사실이 어찌 기쁘지 않았겠는가. 사실 그들은 대부분 추수를 미루는 게 옳지 않을지도 모른다는 생각 때문에 마음 한구석에서 은밀히 양심의 가책을 느꼈고, 어쩌면 베른하르트 쪽으로 의견이 기울지도 모른다는 생각에 몹시 불안해 하던 참이었다. 그런데 막상 뚜껑을 열어 보니 다행스럽게도 집으로 돌아가야 한다는 주장에 동조한 사람이 알프레드뿐이었으니

회심의 미소를 지었던 것이다.

처음에 두 사람은 아주 활기차게 출발했다. 알프레드는 강한 의지를 보였고 베른하르트가 걱정했던 것보다 다리 상태도 좋아 보였다. 하룻밤 더 노숙해야 한다는 사실에 약간 불안한 기색을 내비쳤지만 날이 무더워지기 전까지는 그럭저럭 괜찮았다. 하지만 시간이 흐를수록 그는 더위에 지쳐 갔다. 처음에는 간간이 터져 나오던 한숨과 탄식이 갈수록 빈번해졌다. 일부러 아픈 척하는 게 아니라 실제로 아픈 거였다. 어제 원정대에 섞여 있을 때는 몸 상태가 안 좋아도 정신력으로 버텼다. 하지만 이렇게 베른하르트와 단둘이서만 있으니 자신의 몸 상태를 더는 감출 수가 없었다.

경사가 아주 완만한 언덕에 올라섰을 때 그가 처음으로 숨을 헐떡거렸다. "여보게, 베른하르트, 나 더는 못 걷겠네. 날이 끔찍하게 무덥군. 우리 잠시 쉬었다 가세……."

그 말을 하기 무섭게 알프레드는 가슴팍을 손으로 꽉 누르고는 한동안 몸을 움직일 생각조차 못했다.

점심때가 됐는데도 그들은 아직 가야 할 길의 4분의 1도 못 갔다. 그런데 허약한 체력과는 어울리지 않게 알프레드가 강한 어조로 자신은 지금 기력을 회복하기 위해 충분한 휴식이 필요하다고 주장한 뒤 낙엽이 수북이 쌓여 있는 땅바닥에 털썩 주저앉았다. 휴식을 취할 생각이 없는 베른하르트는 어쩔 수 없이 지체되는 시간을 이용해 주변에 혹시 먹을 만한 게 없는지 찾아 나섰다. 집에서 가지고 온 식량은 아침에 다 떨어졌기 때문에 뭔가 대책을 마련해야 했다.

잠시 후 베른하르트가 너도밤나무 열매 서너 개와 시들시들한 버섯 몇 개를 따 가지고 돌아왔다. 알프레드는 코를 드르렁거리면서 자고 있었다. 베른하르트는 자기도 모르게 알프레드의 팔을 아주 거칠게 흔들었고, 그런 자신의 모습에 본인도 화들짝 놀랐다. 알프레드가 낙엽 요 위에서 느긋하게 몸을 일으켰다. 그는 베른하르트가 원하는 것을 아직 제대로 파악하지 못한 채 늘어지게 하품을 한 뒤 이렇게 말했다. "대체 내가 왜 이렇게 힘든 길을 가야 하는 거지? 빌어먹을?! 차라리 어제 다른 사람들 편에 서는 건데 그랬어……."

베른하르트는 알프레드를 살살 달래며 설득에 나섰다. 알프레드가 낮잠은 몸만 더 피곤하게 할 뿐 더 누워 있어 봤자 득 될 게 없다는 것을 깨닫는 데는 15분이나 걸렸다. 두 사람이 다시 행군을 시작했을 때 속도는 아침보다 현격히 느려졌다. 베른하르트는 자꾸 커지는 불안감을 이기지 못해 계속해서 알프레드를 재촉했고, 가끔은 두 손으로 알프레드의 뚱뚱한 허리춤을 붙잡고 앞으로 잡아당기기도 했다. 그럴 때마다 알프레드는 자기도 어쩔 수 없다는 듯 미안한 표정으로 숨을 헉헉댔다.

오후 늦게 그들 앞에 가운데가 오목하게 들어간 일종의 분지 같은 지형이 나타났다. 나무들과 키 큰 양치식물들로 뒤덮인 분지는 상당히 길게 이어졌다. 그런데 그곳은 숲속의 다른 지역보다 훨씬 일찍 해가 떨어지는지 벌써 어둑어둑했다. 밧줄은 느슨하게 늘어진 채로 분지 바깥쪽으로 쭉 이어지고 있었다.

"내 말 좀 들어 보게, 알프레드. 나한테 아이디어가 하나 떠올랐네. 밧줄을 따라 바깥쪽으로 빙 돌아서 갈 게 아니라 곧장 이 분지를 가로질러 가면 시간과 거리를 단축할 수 있을 것 같네. 그럼 비록 한밤중이 되겠지만 오늘 안으로 마을에 도착할 수 있을지도 모르네."

알프레드는 망설였다. 키 큰 양치식물들이 왠지 꺼림칙했기 때문이다. 게다가 그동안 친숙해진 밝은 길을 벗어나는 것도 무서웠다. 하지만 신경이 곤두선 베른하르트가 큰 소리로, 반대하면 자기 혼자서라도 분지를 가로질러 가겠다고 위협하는 바람에 어쩔 수 없이 고개를 끄덕였다.

분지를 가로지르려면 우선 비탈길을 따라 오목하게 파인 분지까지 내려가야 했다. 완전히 겁에 질린 알프레드는 겨우 마음을 다잡고 첫 번째 걸음을 내디뎠다. 앞장선 베른하르트가 밑에 버티고 서서 팔로 그를 받쳐 주었다. 두 사람은 아주 조심스럽게 바위를 넘고 밖으로 삐져나온 나무뿌리들을 피하면서 계속 아래로 내려갔다. 그런데 알프레드가 갑자기 발을 헛디뎌 미끄러지면서 베른하르트의 목을 붙잡는 바람에 결국 두 사람이 같이 넘어지고 말았다. 두 사람은 비탈길에서 굴렀다. 그러다 베른하르트가 단단한 물체에 부딪혔고 가슴속에서 뭔가가 탁 터지는 걸 느꼈다. 순간 정신이 아득해지면서 베른하르트는 그대로 드러눕고 말았다. 눈앞에서 나무들이 빙빙 돌았고 늑골이 부러졌는지 숨도 쉴 수 없었다.

알프레드가 그의 곁으로 엉금엉금 기어와 공포에 질린 표정으로 더듬거리며 말했다.

"베른하르트, 어떻게 된 건가? 대체 무슨 일이 벌어졌는지…… 나는 정말 모르겠네. 발이 미끄러지는 바람에…… 더는 버틸 수가 없어서…… 자네를 붙잡았던 건데…….”

베른하르트가 작은 소리로 신음을 토했다. 신음 소리가 헉헉대는 숨소리와 겹쳐졌다. 한마디 말도 할 수 없었다. 그는 그냥 자리에 누운 채 몸을 부들부들 떨고 입술만 달싹거리면서 나뭇가지들을 올려다보았다. 한참을 그러고 있다 다시 일어서려 했다. 당혹스런 표정으로 베른하르트 주위를 빙빙 돌던 알프레드는 조금이라도 도와줄 요량으로 베른하르트의 어깨와 팔을 잡아당겼지만 베른하르트는 끙 하는 신음 소리와 함께 다시 바닥에 털썩 주저앉았다. 다시 여러 번 안간힘을 쓴 끝에 비틀거리며 겨우 자리에서 일어섰으나 똑바로 못 서고 휘청거렸다. 베른하르트는 정신이 아득해질 정도로 옆구리가 결렸지만 알프레드 어깨에 한 팔을 걸치고 한 걸음씩 발을 내디뎠다. 두 사람은 거의 넋이 나간 상태로 비탈길을 다시 올라가 보려 했지만 불가능했다. 그래서 할 수 없이 다시 발길을 돌려 분지를 따라 계속 앞으로 나아가기로 결정했다.

저녁노을 속에서 눈앞에 키 큰 양치식물들이 연녹색 평야를 이루며 펼쳐져 있었다. 모기떼가 마치 서늘한 저녁 공기가 만들어 낸 유령처럼 나무들 사이로 무리 지어 날아갔다. 바람이 양치식물의 이파리들을 흔들며 지나가자 쏴쏴 하는 소리가 골짜기를 가득 채웠다.

두 사람은 천천히 한 걸음씩 내디뎠다. 알프레드는 제 딴에는 애를 쓴다고 썼지만 거의 도움이 안 됐다. 그는 베른하르트를 부축하기는커녕 제 몸 하나도 제대로 지탱하지 못했다. 또 앞에 장애물이 없는데도 여러 번 발을 헛디뎌 거의 고꾸라질 뻔했을 뿐만 아니라 자꾸 베른하르트를 나무 옆으로 밀치는 바람에 길게 늘어진 나뭇가지에 걸리게 만들었다. 어디 그뿐인가. 기력이 다했는지 시시때때로 숨을 헐떡이며 바닥에 웅크리고 앉았다. 베른하르트는 한 번 주저앉으면 다시는 못 일어날까 봐 두려워 나무 기둥에 몸을 기대고는 입을 아주 크게 벌리고 호흡을 가다듬었다.

날은 벌써 한참 전에 저물었다. 형태를 잃어버린 양치식물의 이파리들이 마치 날개를 활짝 펼친 새들처럼 허공에 시커멓게 매달려 있었다. 앞으로 나아갈수록 양치식물의 키가 더 커졌다. 아까까지만 해도 겨우 허리춤에 닿던 것들이 이제는 어깨와 이마를 스쳤다. 대체 이 빽빽한 양치식물 밭을 얼마나 걸어온 것일까? 아무리 걷는 속도가 느리다 해도 벌써 오래전에 이곳을 빠져나갔어야 정상이 아닌가? 혹시 이러다 밤새도록 이곳에 갇혀 있는 게 아닐까?

마침내 칠흑 같은 밤이 찾아왔다. 나무들이 시커멓고 으스스한 괴물이 되어 길을 전부 가려 버리는 통에 그들은 결국 행군을 포기했다. 내일 날이 밝으면 다시 밧줄을 찾아 돌아갈 수 있을 거라는 희망을 품고서 바닥에 드러누웠다. 베른하르트가 자꾸 몸을 뒤척거렸다. 이를 악물고 자세를 아무리 바꿔 봐도 통증이 조금도 줄어들지 않았다. 결국 그는 의식을 잃고 깜박 잠이 들었다. 알프레드는 오랫동안 혼자 눈을 뜨고서 멍하니 누워 있었다. 무슨 일이 닥칠지 마음이 너무 불안해서 통 잠을 이룰 수가 없었다. 게다가 벌써 오래전부터 허기와 갈증이 그를 괴롭히고 있었다.

날이 밝았을 때 베른하르트는 통증이 너무 심해 일어날 수조차 없었다. 알프레드가 어떻게든 베른하르트를 일으켜 세우려고 갖은 노력을 기울였지만 허사였다. 베른하르트는 누군가 송곳으로 관자놀이를 후비는 것처럼 머리가 깨질 듯이 아팠고 기침이 발작하듯 연속적으로 터져 나오는 바람에 온몸이 흔들릴 지경이었다. 입을 꽉 틀어막고 있던 그의 손가락 사이로 따뜻하고 빨간 점액질 액체가 흘러내렸다.

잠시 뒤 기침이 가라앉았을 때 베른하르트는 알프레드한테 자신을 그냥 내버려 두고 밧줄 있는 곳을 찾아 마을로 돌아가라고 말했다. 알프레드가 두 손을 내저었다.

"안 돼, 베른하르트. 그럴 수는 없네! 자넨 나를 곤경에 빠진 친구를 나 몰라라 하고 혼자 도망칠 사람으로 보는 겐가?"

하지만 베른하르트는 고집을 꺾지 않았다. 알프레드한테 더는 귀환을 늦춰서는 안 된다고, 시간이 얼마 없다고 말했다. 설령 알프레드가 자기 곁에 머문다고 해도 아무 도움도 안 된다는 말도 덧붙였다. 그의 옆구리 부상은 손을 쓸 수 없는 상태였다. 알프레드는 진땀을 뻘뻘 흘리고 눈물을 글썽이면서 자신은 절대 친구를 버리지 않을 거라고 맹세했다. 그렇지만 베른하르트가 애절한 목소리로 사흘째 남편이 돌아오기를 애타게 기다리고 있을 아내를 생각하라며 계속 몰아붙이자 결국 포기했다.

알프레드가 베른하르트의 손을 꼭 움켜쥐며 말했다.

"기운 내야 하네. 겁먹지도 말고! 자네를 여기 혼자 오랫동안 누워 있게 하지는 않겠네. 정말이야, 반드시 돌아오겠네. 서둘러 마을로 돌아가 요한네스한테 사정을 알린 뒤 다시 이곳으로 자네를 데리러 오겠네. 약속함세! 기다리게. 우린 늦어도 내일 새벽이면 이곳에 도착할 수 있을걸세. 그러니……."

작별할 때 알프레드는 괴로운 눈빛으로 베른하르트를 바라보았다. 다시는 살아서 그의 얼굴을 볼 가능성이 없다는 것을 알고 있었기 때문이다. 그런데도 진실을 털어놓을 용기가 없어 마지막 순간까지 옹색한 거짓말을 하는 자신이 너무 수치스러웠다.

마침내 알프레드는 길을 떠났다. 한 걸음씩 발을 내디딜 때마다 숨이 턱에 찼지만 빽빽한 양치식물들을 헤치며 계속 앞으로 나아갔다. 그는 여전히 커다란 공포에 휩싸여 있었다. 이 공포는 기력이 떨어져 몸을 움직일 수 없게 돼야, 또한 머릿속이 몽롱해져 아무것도 생각할 수 없게 돼야 비로소 사라질 것이다. 양치식물 밭이 대체 언제쯤 끝날지 확인하기 위해 그는 시시때때로 까치발을 하고 주위를 둘러보았다. 그런데 대체 왜 밧줄이 아직 안 보이는 거지? 혹시 내가 계속해서 같은 자리를 맴도는 건가 아니면 벌써 한참 전에 분지를 빠져나왔는데 그걸 알아차리지 못하고 밧줄을 놓쳐 버린 건가?

해가 중천에 떴을 때 알프레드는 자꾸 심장이 죄어드는 것 같은 통증을 느꼈다. 그래서 왼손으로는 양치식물을 꽉 움켜쥐고 오른손으로는 벌겋게 달아오른 어깨에서 셔츠를 벗으려 했다. 숨을 쉬는 것도 힘들 정도였다. 그런데 갑자기 굵은 나무 기둥들 사이에 그를 가둬서 완전히 갈아 버리려는 것처럼 주위에 있는 나무들이 그를 향해 몰려들기 시작했다. 공격해 오는 적들을 막기 위해 알프레드는 젖 먹던 힘까지 짜내 팔을 들어 올렸지만 다음 순간 깊은 나락으로 빠져 버렸다.

2부

자식들과 손자들한테
들려줄 이야기

아침 해에 나무들이 기다란 그림자를 드리우는 바람에 숲에 어두운 띠와 밝은 띠가 교차되는 줄무늬가 생겼다. 이제 너도 밤나무들 사이에 간간이 빨간 열매가 주렁주렁 매달린 마가목들이 섞여 있었다. 남자들 머리 위로 마치 작은 꽃이 만개한 여름날의 초원처럼 나뭇잎으로 뒤덮인 아치형 지붕이 만들어졌다. 라우크가 재빨리 뿔피리를 꺼내 〈방랑자의 노래〉를 연주했다. 어린 시절부터 귀에 익숙한 멜로디가 들리자 농부들이 박자에 맞춰 더 경쾌한 발걸음으로 행군하기 시작했다.

밤사이에 충분한 휴식으로 새로운 힘을 비축했는지 다들 자신감과 기대감으로 새날을 맞이했다. 아마 그들은 죽는 날까지 자식들과 손자들한테 미지의 세계를 향한 이 멀고 먼 원정에 대해 이야기할 것이고, 자식들과 손자들 역시 후손들에게 그 이야기를 전해 줄 것이다. 이렇다 할 사건이 거의 일어나지 않는 곳에서 세상과 동떨어진 채 다람쥐 쳇바퀴 돌듯 지루하고 단조롭게 반복되는 일상을 살아가는 그들의 인생에 이번 원정은 가히 인생 최대의 이벤트가 아닐 수 없었다. 사실 농부들은 자신들의 마을 말고는 거의 알지 못했다. 그들에게 세상은 집과 들판으로 구성된 작은 마을에 국한되었다. 그것도 숲으로 둘러싸여 있는 그런 마을. 그 좁은 곳에서 그들은 사람이 한평생 겪을 수 있는 모든 일을 경험했다.

탄생의 울음을 터뜨리던 그 순간부터 마지막 숨을 거두는 그 순간까지 마을은 그들의 고향이자 삶의 터전이었다. 그들은 매년 두 차례 정기적으로 시장이 열리는 제일 가까운 마을로 가서 자신들이 농사지은 곡식을 팔고 필요한 생필품들을 사 왔다. 하지만 한 번씩 나갔다 오면 어찌나 힘이 드는지 완전히 진이 빠져 다들 고개를 절레절레 흔들었다. 며칠이 아니라 몇 주쯤 집을 떠났다 돌아온 사람들처럼 심신이 지친 남자들은 마을에 무사히 귀환한 것에 안도하며 짐승들이 잽싸게 은신처에 몸을 숨기듯이 익숙한 자신들의 집으로 서둘러 돌아갔다. 그들은 이웃 마을과 거의 교류도 없이 살았다. 간혹 이웃 마을에서 아내를 데려와 마을에 새로운 피가 흘러드는 일이 없지는 않았지만 대부분의 경우 그들은 고집스럽다 할 만큼 교류 없이 살았을 뿐만 아니라 심지어 이웃 마을 사람들을 약간 깔보는 경향마저 있었다. 이런 교만함은 세대를 거치면서 점점 더 공고해졌는데, 기원이 언제인지는 아무도 몰랐다. 그런 사람들을 밧줄이 그 모든 것으로부터 끌어낸 것이다. 밧줄은 농부들의 영혼 미지의 영역에 숨겨져 있어 본인들조차 있는 줄도 몰랐던 동경을 일깨웠다. 이게 전부라고 믿고 살았던 작은 세상에서 한 번 벗어나고 싶은 욕망, 그들을 집과 마을에 꽁꽁 묶어 두고 있는 천 가지 끈을 신나고 화끈하게 끊어 버리고 싶은 욕망 말이다.

행군을 하는 동안 농부들은 간간이 마을을 떠올렸다. 지금쯤 한걱정을 하면서 자신들을 기다리고 있을 아내들, 밧줄을 찾는 일과는 달리 아주 간단하고 쉬운 데다가 비밀 따윈 절대 품고 있지 않은 수많은 일. …… 하지만 그런 생각들은 그냥 잠시 머리를 스치고 지나갔을 뿐 농부들한테 아무런 영향도 미치지 못했다. 여자들도 이참에 인내심을 좀 배워야 해! 그런 걸로 여자들이 우리의 앞길을 막을 수는 없어. 결과적으로 여자들한테도 나쁠 게 없는 일이야. 베른하르트와 알프레드가 이미 집으로 출발했으니 몇 시간 뒤면, 늦어도 저녁때가 되면 마을에 도착해서 남자들이 무사하다는 사실과 왜 이렇게 오래 집을 비울 수밖에 없는지 잘 설명해 줄 테니 여자들도 더는 걱정 안 할 거야. 추수는 아직까지 좀 여유가 있어. 이게 그들이 머릿속으로 둘러댄 핑곗거리들이었다.

라우크의 말이 딱 들어맞았다. 몇 주 전부터 찬바람이 돌기 시작했던 날씨가 완전히 정상을 회복했다. 때를 모르고 성급하게 찾아왔던 가을이 다시 멀찍이 달아나 버렸다. 날씨가 그렇게 망령을 부리지 않았더라면 이렇게 화창한 날씨에 추수를 걱정할 필요는 없었다.

그런데 밧줄에 대해 생각을 좀 하려 들 때마다 농부들은 머리가 지끈거리고 종종 현기증 증세까지 느꼈다. 아무래도 사색은 그들의 적성에 맞지 않았다. 그건 그들도 잘 아는 사실이었다. 어렸을 때부터 그들은 머리 쓸 필요가 별로 없는 생활에 적응하며 살아왔다. 그러니 밧줄의 수수께끼 앞에서 어찌 좌절하지 않을 수 있겠는가. 하지만 밧줄이 그들의 마음을 사로잡은 계기는 바로 그 풀리지 않는 수수께끼 때문이었다. 그들의 이해력을 넘어설수록 밧줄은 더 큰 힘을 획득했다. 그들은 사색을 통해서는 밧줄을 획득할 수 없었다. 따라서 계속 행군하는 것 말고는 다른 방법이 없었다. 아무튼 수수께끼는 조만간 풀릴 것이다. 그들은 사색 대신 계속 행군하는 쪽을 선택했다.

오전에 행군을 하는 동안 그들은 이 근처 숲에 짐승이 아주 많다는 사실을 알아차렸다. 점심때 행군을 멈추고 서너 명씩 짝을 지어 사냥에 나섰다. 정말 다들 노획물들을 잔뜩 짊어지고 본진으로 돌아왔다. 도요새나 꿩, 토끼 등을 어깨에 짊어지고 온 사람들도 있었고, 둘이서 힘을 합해 화살로 다 자란 수노루를 잡아 온 경우도 있었다. 그들은 만면에 자랑스러운 미소를 지으면서 수노루의 뒷다리를 질질 잡아끌고 왔다. 다들 더 많은 짐승을 사냥할 수 있었지만 그럴 필요가 없었다. 이미 잡아 온 것들만으로도 식량은 충분했다.

그들은 모닥불에 구운 수노루와 도요새 두 마리에, 뜨거운 돌에 익힌 살구버섯, 월귤나무, 초록색 개암나무 열매를 곁들여 점심을 먹었다. 점심을 먹으면서 사냥할 때 겪은 일들에 대해 한바탕 자랑들을 늘어놓았다.

"나는 무리 지어 하늘로 날아가는 꿩을 쏘아 맞혔어. 나무들 사이로 푸드득 날아오르는 놈 말이야! 놈은 아마 달아날 수 있을 거라고 믿었겠지만 내가 뒤에서 아름다운 인사를 보냈고, 그게 정통으로 놈의 꽁무니를 맞혔지."

"글쎄 토끼가 떼로 있지 뭔가. 아마 자네들도 못 믿을걸세. 세상에 태어나 그렇게 많은 토끼는 처음 봤네. 토끼가 덤불 속에서 어찌나 쏜살같이 내빼던지 하마터면 화살이 빗나갈 뻔했네!"

"아하, 그랬어? 늘 화살이 빗나가는 게 자네의 장기인 걸로 아는데. 사냥을 나갔다 하면 빈손으로 돌아오는 날이 태반 아니었나?"

다시 행군을 시작했을 때 숲은 온기와 아름다움에 휩싸여 있었다. 라우크가 뿔피리를 연주하자 한낮의 평화로운 분위기가 더 고조되었다. 피리 소리가 경쾌한 리듬을 타고 숲속으로 울려 퍼졌다. 남자들은 편안한 발걸음으로 계속 걸어갔다. 다들 나뭇가지를 깎아 만든 방랑자의 지팡이를 하나씩 들고서 앞에서 걸어가는 사람의 뒤통수만 보고 따라갔다. 비록 앞뒤로 가까이에 일행이 있기는 했지만 얼굴을 보지 못하고 걸어가는 것이라 혼자나 마찬가지였다. 간간이 기분 좋게 꾸벅꾸벅 졸기도 하고 얼핏 꿈도 꾸었지만 그래도 대열을 이탈하지 않고 계속 앞으로 걸어갔다. 신경을 곤두세우고 조심하면서 행군할 이유가 전혀 없었다. 농부들은 거의 반수면 상태에서 게슴츠레한 눈으로 밧줄을 보면서 자동으로 저벅저벅 나가는 발걸음에 몸을 맡겼다.

오후 늦게 숲에 어둠이 깔리기 시작할 무렵 그들은 작은 연못에 도착했다. 나무들 사이에 둥그런 연못이 자리 잡고 있었다. 짙은 녹색의 수면에 수련이 피어 있었고 연못 위 허공에서는 잠자리들이 이리저리 날아다녔다. 그곳에서 농부들은 저녁을 먹었다. 점심때의 풍성한 식탁에 결코 뒤지지 않을 만큼 푸짐한 식사였다. 식사를 끝낸 뒤 다들 식곤증 때문인지 나른한 얼굴로 부드러운 연못가 풀밭에 드러누워 따스하고 눅눅한 공기를 들이마셨다.

라우크는 사람들로부터 약간 떨어진 곳에 있는 나무 그루터기에 앉은 뒤 종이와 필기도구를 꺼내 스케치를 하기 시작했다. 농부들이 그 모습을 힐끔거리면서 눈빛들을 주고받았다. 감탄과 조롱이 뒤섞인 눈빛이었다. 그들은 다시 한 번 이 낯선 이방인에 대해 고개를 설레설레 흔들었다. 밧줄의 마법에 사로잡혔다는 사실 빼놓고 그들과 라우크 사이에는 공통점이 정말 단하나도 없었다.

나중에 라이문트와 다른 농부 셋이 연못에서 목욕을 했다. 해가 완전히 떨어진 뒤라 수면에는 빛이 전혀 없었다. 연못은 그리 깊지 않았다. 남자들 가슴팍 정도 깊이였다. 그래서 다들 수영은 안 하고 그냥 물속에서 걸어 다니기만 했다. 처음에는 약간 민망했는지 주춤거리더니 금세 어린아이들처럼 서로 다리를 걸어 넘어뜨리기도 하고 물속으로 머리를 내리누르기도 하면서 장난쳤다……. 토르와 헤처도 연못으로 뛰어들어 농부들 사이에서 물보라를 일으키며 허우적거렸다. 근육질의 등 일부와 땅딸막한 머리를 받치고 있는 목만 기다랗게 물 밖으로

드러나 있어서 그 모습이 마치 이 지구 어디에도 없는 기괴한
괴물처럼 보였다.

폭력

어제부터 기온이 계속 올라가 더위 때문에 약간 고생하기는 했지만 나무가 그다지 빽빽하지 않은 구간이라 그럭저럭 견딜 만했다. 그런데 갑자기 맨 앞에서 걸어가던 미하엘이 걸음을 멈추고 큰 소리를 쳤다. 그 바람에 다들 일제히 고개를 들었다. 라우크는 뿔피리 연주를 멈췄다. 다들 조금씩 간격을 좁히면서 앞으로 다가서자 마치 알이 다닥다닥 붙어 있는 포도송이처럼 보였다.

사방으로 뻗은 나뭇가지들 사이로 그리 멀지 않은 곳에 짚으로 이은 박공지붕들이 보였다. 마치 마법 구술에서 툭 튀어나온 것처럼 숲 한가운데서 느닷없이 마을이 나타난 것이다. 남자들이 주춤거리며 마을로 다가갔다. 며칠 동안 숲을 지나오면서 사람은 그림자도 본 적이 없는데 느닷없이 이런 적막한 숲속에서 마을을 보게 되니 다들 적잖이 당황했다. 밧줄은 일직선으로 마을을 향해 이어지다가 맨 앞쪽에 있는 집에 닿기 직전에 방향을 바꿔 다시 숲속으로 사라졌다.

초원 가장자리에서 농부들이 걸음을 멈췄다. 창문의 덧문까지 닫혀 있는 통나무집 열두 채가 한낮의 햇살 속에 서 있었다. 집들 사이에 잡초가 무성하게 자라 있었다. 오랫동안 베지 않은 잡초들 위로 파리 떼가 윙윙거리며 날아다녔다. 아름드리 보리수나무 한 그루가 마치 내리누르는 것처럼 지붕들 위로 그림자를 드리웠다. 그 나무 아래 테이블과 벤치들이 놓여 있었다. 오두막들 뒤로 사람은 하나도 안 보이고 단지 잡초만 무성하게 자란 목초지가 격자울타리에 둘러싸여 있었다. 풀을 뜯는 가축도 전혀 없었다.

통나무집에 가까이 다가가는 게 왠지 두려워진 농부들은 절대 건너서는 안 되는 문지방 앞에 서 있는 것처럼 그 자리에 우두커니 서 있었다. 하지만 그런 압박감을 못 느끼는 사냥개들은 껑충거리면서 쏜살같이 풀밭을 가로질렀다. 사냥개들이 컹컹 짖는 소리가 통나무집의 외벽에 부딪힌 뒤 메아리가 되어 울려 퍼졌다. 개들이 덧문이 닫혀 있는 창문들과 현관문들에 코를 박고 킁킁거렸다. 농부들은 바짝 긴장한 채 개 짖는 소리를 듣고 어디선가 마을 주민이 나타나기를 기다렸다. 하지만 아무 변화가 없었다. 마침내 토르와 헤처가 자기들도 이제 할 수 있는 것은 다해 봤지만 소용이 없으니 다른 방법을 강구해 봐야 한다는 듯 멈춰 서서 귀를 쫑긋 세우고 이집저집을 쳐다보았다.

마침내 농부들이 결심을 하고 마을에 드리워진 수수께끼의 비밀을 밝혀 줄 단서를 찾기 위해 아무 말 없이 몹시 긴장한 얼굴로 초원을 가로질러 마을로 다가갔다. 작년 가을에 떨어진 낙엽들이 바람에 휩쓸려 집 현관문이나 벽 앞에 수북이 쌓여 있었다. 장작개비에는 피를 머금은 스펀지처럼 보이는 빨간색 버섯들이 무성하게 자라 있었다. 창문 덧문들을 뒤덮은 거미줄들이 스쳐 지나가는 바람에 마구 흔들렸다. 비록 아직은 조심스럽지만 자연이 이미 이 마을을 정복하기 위한 첫걸음을 내디딘 게 분명했다.

자신들이 뭔가 주제넘은 짓을 하는 것 같은 불안감을 느끼면서 농부들은 잠겨 있지 않은 오두막집의 현관문을 열었다. 문을 열자 안에서 퀴퀴한 냄새가 훅 끼쳐 왔다. 순간 숨이 턱 막혔다. 욕지기가 올라오는 것을 간신히 참으며 천천히 어두운 집 안으로 들어섰다. 어설프게 짜 맞춘 가구들이—느닷없는 침

입에 몹시 놀란 듯했다—어슴푸레하게 모습을 드러냈다. 대부분 흠 하나 없이 깨끗한 데다가 지나칠 정도로 질서정연하게 정돈돼 있어 오히려 부자연스럽게 보였다. 테이블은 전부 깨끗하게 치워져 있고 서랍장 문과 서랍들은 잠겨 있었다. 한 군데도 어질러진 곳이 없었고 흐트러져 있는 물건들도 전혀 없었다. 마을을 떠나기 전 주민들이 집 안을 구석구석 철두철미하게 정돈한 게 분명했다. 작별의 순간을 조금이나마 더 늦추고 싶은 마음이었거나 작별의 고통을 잊기 위해 무의미한 일에 매달렸던 건가 하는 생각이 들었다.

잠시 후 남자들은 보리수나무 아래 모였다. 벤치에 두껍게 쌓여 썩어 가고 있는 낙엽들을 싹 치우고 벤치 위까지 뚫고 올라온 생명력 질긴 잡초들까지 지팡이로 마구 두들겨 팬 뒤 앉았다. 다들 당혹스러운 표정을 감출 수 없었다. 대체 이 마을에서 무슨 일이 벌어졌는지 짐작조차 할 수 없었다. 그렇다고 숲속에 있는 마을들 중 한 곳 주민들로부터 버림을 받았을지도 모른다는 이야기를 듣고 싶지도 않았던 농부들은 마을을 감싸고 있는 적막에 귀를 기울였다. 적막이 오래전 이 마을에 닥친 재앙에 대해 이야기를 하는 듯했다. 적막 말고는 그 어느 것도 재앙에 대해 증언해 주지 않았다.

느닷없이 미하엘이 탁자를 쾅 내리치면서 아주 어색한 미소를 지었다. "됐어. 나는 이 정도면 충분하다고 생각하네. 우린 그냥 가던 길을 계속 가는 거야. 여기 더 머물러 봤자 무슨 도움이 되겠나."

동의한다는 듯 사람들이 사방에서 웅성거렸다. 정체를 알 수 없는 이 꺼림칙한 마을에서 최대한 빨리 벗어나고 싶은 충동이 농부들을 사로잡았다. 곰팡이가 피어오른 눅눅한 벤치에 앉아 있자니 자꾸 구역질이 나려고 했다.

"지당한 말이오, 미하엘." 라우크가 말했다. "우린 이곳을 떠나야 하오. 하지만 길을 떠나기 전에 집 안을 살펴보도록 합시다. 어쩌면 필요한 물건들을 발견할 수도 있소."

농부들이 화들짝 놀라며 일제히 라우크를 쳐다보았다. 지금까지 그런 생각을 한 사람은 하나도 없었다. 길을 떠나려고 벌써 짐을 챙기던 몇몇 사람이 동작을 멈췄다.

"대체 그게 무슨 말이오, 라우크?" 누군가 물었다. "남의 집을 뒤지겠다는 말이오? 우리 주머니를 채우자고 도둑질을 하겠다는 거요?"

농부들은 있을 수 없는 치욕스러운 제안을 받았다는 듯이 불쾌한 표정으로 서로 얼굴을 쳐다보았다. 라이문트가 한 입 가득 고인 침을 풀밭으로 퉤 뱉었다. 습관적으로 그런 것인지 라우크의 제안에 대한 불쾌감을 그런 식으로 표출하고 싶었던 것인지 본인도 명확히 알지 못했다.

"알았소, 알았어." 라우크가 미소를 지으며 말했다. 사람들을 얕잡아 보며 자신의 우월감을 만끽하는 미소였다. "여러분이 무슨 생각을 하는지 잘 알고 있소. 버려진 집에 쳐들어가는 건 분명 내키지 않을 거요. 자기 집도 아닌 곳에 들어가 남의 물건에 손을 대다니, 말도 안 된다며 펄쩍 뛸 일이라는 거 나도 알고 있소. 그리고 그런 염치를 아는 여러분을 존경하오."

"고맙군!" 누군가 전에 없이 퉁명스럽게 대꾸했다.

라우크가 자리에서 일어나더니 보리수나무 앞으로 걸어가 사람들을 주의 깊게 둘러보았다. 나무가 어찌나 우람한지 그의 머리가 초라해 보일 정도였다. 일장 연설을 늘어놓으려는 게 분명했다. 헤처가 어슬렁거리며 벤치들 사이로 빠져나가서는 경호원처럼 라우크 옆에 떡 버티고 섰다. 그리고 앞발을 얌전히 포갠 뒤 주인의 연설을 기다렸다.

"여러분! 우리 한 번 허심탄회하게 이 마을에 대해 이야기해 봅시다. 무성하게 자란 잡초를 비롯해 모든 정황이 이 마을에 살던 농부들이 벌써 오래전에 이곳을 떠났다는 것을 증명하고 있소. 멀리서 이 마을을 봤을 때 가장 먼저 내 머리를 스친 생각은 '여긴 아무도 살지 않는 마을이 분명해.'라는 것이었소. 직접 오두막 안에 들어가 보고 나는 그 생각이 착각이 아니라는 것을 확인했소. 여기 주민들은 오래전에 집과 목장 그리고 논밭을 버리고 떠났소. 그건 의문의 여지가 없소. 다들 여긴 죽은 마을이라는 것을, 버려진 집들밖에 없다는 것을 인정할 거요. 물론 한때는 여기도 마을이었소. 하지만 그 마을은 이제 없어졌소.

　농부들은 마을을 떠날 때 자신들이 가진 것을 전부 남겨 놓고 갔소. 처분을 그냥 하늘의 뜻에 맡긴 거요. 여기 남아 있는 물건들의 운명이 앞으로 어떻게 될지는 나만큼이나 여러분도 잘 알 거요. 부패와 풍화작용으로 인해 언젠가는 형체도 없이 사라질 거라는 거 말이오. 우린 이미 곳곳에서 부패와 풍화작용이 상당히 진척된 걸 목격했소. 저기 위쪽에 있는 오두막집을 생각해 보시오." 그 말을 하면서 그는 팔을 살짝 들어 어떤 방향을 가리켰다. "그 집에 들어섰을 때 나는 쥐새끼들이 그 집의 주인인 줄 알았소. 테이블 위에 있던 쥐새끼들이 내가 들어서자 화들짝 놀라 의자 위로 뛰어내렸소. 모직 카펫은 쥐새끼들이 얼마나 쏠아 먹었는지 올이 안 보일 정도로 너덜너덜해져 있었소. 이 유령마을에 있는 모든 물건은 분명히 조만간 똑같은 운명을 맞게 될 거요. 쥐를 비롯해 온갖 곤충과 벌레의 먹이가 될 거라는 말이오……. 자, 이제 여러분에게 묻겠소. 그렇게 되도록 내버려 두는 게 대체 누구한테 도움이 된단 말이오? 아직까지는 꽤 쓸 만한 사소한 물건들을 우리가 가져가면 안 될 이유가 뭐란 말이오? 언젠가는 썩어 문드러져서 세상에서 사라질 게 틀림없는 물건들을 풍화작용으로부터 지켜 주었다고 해서 우리가 부끄러워해야 한단 말이오? 제발 내 말을 믿으시오. 우리가 여기서 찾아낸 것들은 주인이 없는 물건들이오. 그 누구의 것도 아니란 뜻이오. 그러니 우린 결코 그 물건의 주인들로부터 그걸 빼앗는 게 아니오!

우리가 유념해야 할 사실이 하나 있소. 사흘 전 마을을 떠나올 때 챙겨 온 장비가 많이 부족하다는 거요. 우린 원정에 필요한 장비를 제대로 못 갖추고 길을 떠났소. 그런데 다행스럽게도 이 버려진 마을에서 부족한 장비를 채울 기회가 생긴 거요. 여러분 나처럼 이렇게 생각하지 않소? 적어도 접시 몇 개하고 수저 몇 벌은 필요해, 화살도 좀 더 있으면 좋을 텐데, 밤에 추위를 막으려면 담요도 몇 장 있어야 돼, 이렇게 말이오. 원정을 제대로 끝마치려면 우린 지금 말한 그런 장비들을 갖출 의무가 있소. 만약 지금 이 기회를 놓친다면 우린 나중에 분명히 땅을 치면서 후회하게 될 거요. 어쩌면 이곳을 떠나자마자 금세 후회하게 될 수도 있소.

이렇게까지 말했는데도 혹시 아직도 망설이는 사람이 있다면 그 사람에게 이 말을 해 주고 싶소. 우리가 가져가는 물건들을 영원히 소유할 필요는 없다고, 우린 돌아가는 길에도 분명히 이곳을 지나가게 될 텐데 그때 각자 재량껏 잠시 사용했던 물건들을 원래의 자리로 놓으면 된다고 말이오. 우리가 내일 아침 당장 이곳에 들르게 될지 누가 알겠소? 그렇게 되면 이 모든 것이 좋은 목적을 위해 잠시 빌린 게 되니 아무리 도덕 기준이 엄격한 사람이라도 이의를 제기하지 못할 거요."

농부들은 혼란스러운 마음을 진정시키려 애썼다. 처음 그 말을 들었을 때 싹텄던 반감은 꽤 줄어들었지만 그들은 부족한 비품을 찾기 위해 남의 오두막집을 뒤질 만큼 절박한 상황이라고 생각하지 않았다. 그래도 다들 마음속 의구심을 입 밖으로 꺼내는 걸 주저했다. 라우크의 조리 있는 연설에 비하면 그들의 말은 어린아이가 더듬거리는 수준밖에 안 될 게 분명했기 때문이다. 그래서 대부분 그냥 침묵하면서 아까 오두막에 들렀을 때 본 물건들 중에서 쓸 만한 게 뭐가 있었는지 기억을 더듬었다. 그러자 정말 많은 게 떠올랐다. 쥐와 딱정벌레 혹은 그 밖의 경쟁자들이 갉아 먹으면 안타까울 만한 물건이 아주 많았다.

마침내 미하엘이 침묵을 깨며 헛기침을 했다. "라우크, 당신 말이 나쁘게 들리지 않는군! 그 말이 옳소. 그 모든 하찮은 물건이 풍화작용에 속수무책으로 사라지도록 내버려 둘 이유가 없소." 아무도 그의 발언에 반박하지 않았다. 오히려 서너 명은 납득이 간다는 듯 몇 분 전 고개를 절레절레 흔들 때만큼 강력하게 고개를 끄덕였다. 헤처가 잰걸음으로 보리수나무를 한 바퀴 빙 돌면서 이유를 알 수 없는 기쁜 표정으로 꼬리로 잡초를 마구 때렸다. 농부들은 기지개를 쭉 켜면서 진지한 얼굴로 통나무집들을 건너다보았다. 다들 썩 유쾌한 일은 아니지만 유감스럽게도 이제 행동에 돌입할 때라고 생각했다. 그건 정말 불가피한 일이었다.

남자들이 마을 전체로 흩어졌다. 일단 실내 공기를 환기시키고 뭐가 있는지 좀 더 잘 볼 수 있도록 문이란 문을 전부 활짝 열어젖혔다. 그다음 오두막집도 차례로 하나씩, 가축우리도 차례로 하나씩, 창고도 차례로 하나씩 훑고 지나갔다. 어디선가 느닷없이 "안 돼! 그만둬! 당신들 거기서 뭐 하는 거야?" 하는 소리가 튀어나올 것 같아 잠시 주춤거렸지만 시간이 흐를수록 마음이 더 편해지고 더 대담해지면서 거부감을 떨쳐 냈다. 그리고 곧 온힘을 다해서 필요한 물건들을 찾는 데 몰두했다.

열어 보지 않은 옷장이 하나도 없었고 열어 보지 않은 서랍이 하나도 없었다. 뒤져 보지 않은 보관함도 하나도 없었다. 그들은 경쟁하듯 닥치는 대로 주머니에 이것저것 쑤셔 넣었다. 본인이 직접 사용하지 않더라도 가져갈 만한 가치가 있어 보이는 물건들은 일단 집 밖으로 끄집어내서 보리수나무 그늘로 가져갔다. 다시 마을이 분주하게 돌아갔고 버려진 오두막집들에 활기가 넘쳤다. 어찌나 자주 들락거렸는지 심지어 초원에서 현관문 앞까지 길이 생길 정도였다. 그 덕분에 집에서 끌어낸 물건들을 옮기는 일이 한결 수월해졌다.

라이문트는 셔츠를 벗고 바지는 무릎까지 걷어 올린 채 물건 찾는 일에 열중하다가 어느 오두막집의 어두컴컴한 구석에 숨겨져 있던 느릅나무 상자를 하나 발견했다. 상자에 자물통이 채워져 있는 것을 보니 뭔가 특별한 것이 보관돼 있으리라는 생각이 머리를 스쳤다. 있는 힘껏 뚜껑을 흔들어 봤지만 꿈쩍도 안 했다. 재빨리 밖으로 나가 보리수나무 아래 쌓여 있던 물건 중에서 손도끼를 꺼내 다시 오두막으로 돌아왔다. 그러고는 상자를 여러 번 내리쳤다. 그 소리가 어찌나 큰지 마을 전체에 울려 퍼졌다. 막 오두막 앞을 지나가던 농부 하나가—그는 주석 뚜껑이 덮인 맥주 항아리와 은으로 테두리를 두른 뚜껑이 달린 작은 보석함, 옷깃이 가죽으로 된 재킷 하나를 품에 안고 있었다—호기심에 창문으로 안을 들여다보았다. 그러다가 마지막 손도끼질에 자물통이 바닥으로 떨어져 나가는 것을 목격했다. 라이문트가 눈빛을 번득이면서 상자 뚜껑을 열었다. 하지만 연분홍색 리넨 나이트가운 몇 벌만 들어 있을 뿐 상자는 거의 비어 있었다. 가운들을 얌전히 개어서 차곡차곡 쌓은 뒤 그 위에 백리향 꽃잎이 든 작은 향주머니를 올려놓았다.

"빌어먹을!" 라이문트가 소리쳤다. "여자 잠옷이라니! 말도 안 돼, 여자 잠옷을 이런 데 넣어 둔다는 게 있을 수 있는 일이야? 대체 이 마을 사람들은 귀중품은 어디다 보관하는 거야?"

바람결에 진한 땀 냄새가 창밖으로 훅 끼쳤는데도 밖에서 지켜보던 농부는 안으로 들어갔다. 그는 라이문트의 험악한 몸짓으로부터 자신의 귀중품들을 안전하게 보호하기 위해 품에 안고 있던 물건들을 일단 옆에 있는 작은 탁자에 내려놓았다. 그 다음 방 한가운데에 서서 냄새를 맡으려는 듯 허공을 향해 코를 킁킁거리면서 가구들 위를 매의 눈으로 살펴보았다. 예리한 눈길로 눈을 한 번 깜빡거린 뒤 그는 이렇게 말했다. "어쩌면 널마루 밑에 숨겨 놓았을지도 모르네."

라이문트가 숨을 헐떡이면서 금색 솜털로 뒤덮인 손을 가슴팍에 댔다. 놀란 토끼 눈을 하고서 농부를 쳐다보았다. "자네가 이렇게 똑똑한 줄 몰랐군. 그래, 어쩌면 자네 말이 맞을지 몰라!"

라이문트가 머리 위로 팔을 쭉 들어 올렸다가 아주 힘차게 손도끼로 널마루를 내리치자 나뭇조각이 사방으로 튀었다. 다른 농부는 잽싸게 옷장 옆으로 달아나 두 팔로 얼굴을 가렸다.

손도끼가 계속해서 널마루를 향해 날아갔다. 진동 소리와 삐거덕거리는 소리가 온 집 안에 울려 퍼졌다. 창문들이 덜컹거렸고 가구들이 이쪽저쪽으로 쿵쿵 흔들렸다. 라이문트는 도끼질을 하는 사이사이에 숨을 헐떡거렸다. 그의 입에서 기운이 떨어져서 나오는 한숨인지 짜릿한 손맛에서 나오는 열락의 소리인지 모를 거친 신음 소리가 뿜어져 나왔다. 땀에 젖은 그의 가슴 털에 나뭇조각들이 들러붙었다. 널마루는 너도밤나무로 만든 것으로 아주 튼튼한 못으로 고정되어 있어서 쉽게 쪼개지지 않았다. 라이문트가 잠시 도끼질을 멈추고 적을 노려보듯이 그에게 저항하고 있는 널마루를 응시했다.

"빌어먹을, 뭐가 이렇게 단단해." 그가 소리쳤다. "아무래도 손도끼만으로는 안 되겠어! 쇠막대기가 필요해. 보리수나무 밑에 쇠막대기가 분명히 있을 거야. 자네가 그것 좀 가져다주게, 빨리!"

"알았네, 기다리게……."

안 그래도 그런 요청을 기다렸다는 듯이 농부가 몸을 부르르 떨며 밖으로 달려 나갔다. 하릴없이 벽에 들러붙어 있을 필요 없이 이 스펙터클한 광경에 뭔가 도움이 될 만한 일을 하게 된 것이 몹시 기쁜 듯했다. 1분도 지나지 않아 농부가 겨드랑이에 무거운 쇠막대기를 끼고서 나타났다. 유능한 조수로서 만족스러운 미소를 만면에 띤 채로.

"이리 주게!" 라이문트가 거칠게 쇠막대기를 건네받은 뒤 화끈거리는 두 손에 침을 퉤퉤 뱉었다. 그는 부서진 널마루 틈새로 쇠막대기를 끼운 다음 앞뒤로 왔다 갔다 하면서 힘을 주었다. 널마루가 드디어 저항을 포기하고 구부러지더니 어느 순간 탁 소리와 함께 허공으로 뜯겨져 올라왔다. 라이문트는 그 순간을 놓치지 않고 널빤지를 옆으로 확 뜯어냈다. 농부가 무릎을 꿇고서 눈을 껌뻑거리며 뜯겨 나간 널마루 안쪽을 들여다보았다. 그러고는 재빨리 고개를 흔들었다.

"없네. 아무것도 없어. 온통 쓰레기뿐이야, 젠장……."

라이문트는 멈추지 않고 계속해서 다음 널빤지를 뜯어내기 시작했다. 먼저 손도끼로 틈새를 벌린 다음 쇠막대기를 찔러 넣고서 있는 힘껏 널빤지를 들어 올려 바닥에서 뜯어냈다. 널빤지를 하나씩 뜯어낼 때마다 숨을 헉헉대면서 비명을 질렀다. 그럼 농부는 턱을 바짝 바닥에 붙인 채 몸을 깊숙이 숙여 뜯겨 나간 널마루 안을 들여다보았다.

"이번에도 꽝이네. 정말 아무것도 없어. 빌어먹을!"

라이문트는 쇠막대기를 옆에 내려놓고 다시 손도끼를 집어 들었다. 실망감이 탐욕을 더 부추겼다. 자신을 가둔 쇠창살 밖으로 빠져나오려고 마구 날뛰는 짐승처럼 제어되지 않는 욕심이 그를 제멋대로 휘둘렀다.

"기다려 봐! 여기 뭔가 있어. 확실해. 널마루를 전부 뜯어내면 정체를 알 수 있을 거야!"

가까운 곳에 의자 하나가 보였다. 라이문트가 달달한 분노를 느끼며 의자에 다가가 있는 힘껏 걷어차자 거실을 가로질러 건너편으로 휙 날아갔다. 다음 순간 마치 고문을 피해 달아나는 피해자처럼 그에게서 도망치는 의자를 쫓아가 손도끼를 탁 내리치자 의자가 둘로 쫙 쪼개졌다.

기다림의 끝

　여자들은 계속 숲가에서 보초를 섰다. 하지만 말은 거의 안 했다. 사실 말이 필요한 일이 뭐가 있겠는가. 마을을 유지시키는 데 필요한 일상적이고 사소한 일들은 더는 말이 필요 없었고, 일상적이지 않은 중요한 일에 대해서 이야기를 하자니 그럴 만한 힘이 남아 있지도 않았다. 그래서 그들은 아무 말 없이 그냥 계속 벤치에 앉아서 각자의 생각에 잠겼다. 기다림은 늘 똑같은 과정을 거쳐 슬픔에 빠지는 것으로 끝났다. 만약 그들이 나무 기둥들 사이로 숲을 한 번이라도 쳐다보았다면 어쩌면 슬픔에 빠지지 않았을지도 모른다. 그래도 아직까지는 남편들이 돌아올 수 있으리라는 희망을 품고 있었으니까. 하지만 그들은 이미 기계적으로 변한 기다림에 충실했고, 그 습관의 유일한 의미는 공허하게 남는 시간을 때우는 것이었다.

초원으로 끌어다 놓은 탁자와 벤치들은 계속 그대로 놓여 있었다. 숲의 그늘 아래 있으면 이른 아침부터 달아오른 열기를 그럭저럭 견딜 수 있었다. 마을 사람들은 낮에도 그 자리를 떠나지 않고 집에서 바구니에 담아 가져온 과일과 빵, 우유 등으로 점심을 해결했다. 아이들은 바닥에서 엄마의 두 다리 사이로 기어 다니면서 사과 조각 등을 받아먹었다. 중년 부인들은 바느질감을 가져와 셔츠 등을 수선하기도 하고, 나중에 수프에 넣을 당근과 콜라비 껍질을 벗기기도 했다. 집안일이 전부 바깥으로 자리를 옮겼고, 테이블은 지붕이 없는 농가의 방과 똑같은 역할을 했다.

저녁에는 초원에 있는 테이블 주위에 횃불들을 세워 놓았다. 저녁노을 속에서 횃불들이 혀를 날름거리면서 제일 가까이에 있는 나무들에 빛을 던졌고, 또 꼼짝도 않고 웅크리고 앉아 있는 여자들을 비춰 주었다. 횃불에 둘러싸여 있으면 여자들은 뭔가에 보호받고 있는 것 같았다. 횃불이 어둠을 막아 주는 덕분에 마음도 한결 가벼워졌다. 이제 막 시작되어 오래 계속될 무시무시한 밤에 대한 두려움을 약간이나마 덜 수 있었기 때문이다. 횃불의 불빛을 보고 있으면 왠지 남편들한테 무슨 신호를 보내고 있는 것 같은 상상에 빠져들 수 있었다. 만약 남편들이 저녁때쯤에 마을로 다가오고 있다면 아마 멀리서부터 횃불의 불빛을 볼 수 있으리라는 상상. 물론 모든 게 다 부질없는 생각이라는 걸 잘 알고 있었다. 남자들은 절대 어둠 속에서 행군하지 않을 것이다. 그런데도 저녁때가 되면 늘 마음이 답답해졌기 때문에, 위로의 말과 한 줄기 희망이 절실히 필요했기 때문에 터무니없는 생각이라도 마음의 부담을 덜어 주는 효과가 있었다.

밧줄은 첫날과 똑같이 여전히 그 자리에 놓여 있었다. 하지만 거의 방치된 채 사람들의 눈길을 끌지 못했을 뿐만 아니라 그사이에 자란 잡초들에 파묻혀 찾기도 쉽지 않았다. 혹시 이방인이 그걸 본다면 특별한 사연이 있는 밧줄이라고는 절대 생각하지 못할 것이다. 그냥 평범한 밧줄로, 누가 여기다 놓아둔 걸 깜빡했거나 아이들이 놀이에 쓰려고 가져다 놓았을 거라고 생각할 것이다.

아그네스는 가능할 때마다 집으로 돌아갔다. 사람들 앞에서 근심 걱정 하는 모습을 보이고 싶지 않았기 때문이다. 사람들이 모여 있는 벤치에서는 평정심을 유지하기가 쉽지 않았다. 말없이 침묵하고 있는 여자들의 얼굴을 보면 그나마 남아 있던 조금의 에너지마저 전부 빠져나가는 기분이 들었다. 아빠도 없는데 혼자서 요람에 누워 있는 젖먹이를 돌볼 에너지, 해가 떠서 질 때까지, 심지어 한밤중까지도 그녀의 도움을 필요로 하는 부상자 울리를 병구완할 에너지, 그리고 얼마나 무시무시하고 끔찍할지 아직 상상조차 할 수 없는 앞으로 닥칠 일들을 견뎌 낼 에너지까지.

그녀는 차라리 집에서 베른하르트의 손때와 체취가 남아 있는 물건들에 둘러싸여 있는 게 더 위로가 됐다. 거실 창가에는 출발 전날 저녁 베른하르트가, 자꾸만 감기는 눈꺼풀과 씨름하면서 아이한테 젖을 먹이는 그녀를 지켜보며 앉아 있던 삼발이 의자가 놓여 있었다. 그날 이후로 그녀는 의자를 그 자리에서 안 치웠다. 쿠션에는 아직 베른하르트의 등에 눌린 자국이 그대로 남아 있었다. 그녀는 종종 남편의 마지막 숨결을 느껴 보기 위해 그 쿠션을 쓰다듬곤 했다. 또 창문턱에는 베른하르트의 하얀 도자기 파이프가 놓여 있었는데, 그녀는 하루에도 몇 번씩 그 파이프를 들고 건조하고 향긋한 담배 냄새를—그녀가 몹시 좋아하는 냄새다—맡으면서 파이프 부리에 새겨진 작은 베른하르트의 이빨 자국을 바라보았다.

의자와 담배 파이프를 비롯해 무수히 많은 물건이 남편에 대한 추억을 일깨웠다. 그 기억들이 어찌나 생생한지 남편이 멀리 길을 떠난 게 아니라 잠시 산책을 나간 것 같은 착각이 들 정도였다. 남편이 금세 현관문을 열고 들어와 이 마을과, 또 이 세상과 어울리지 않는 사랑스러운 그 미소를 입가에 머금은 채 삐거덕거리는 마루를 지나 그녀한테로 다가올 것만 같았다.

초저녁에 서서히 어둠이 깔리기 시작했을 때 갑자기 공포가 밀려왔다. 보호받고 있다는 느낌이 순식간에 사라지고 나락에 떨어져 바닥을 알 수 없는 심연 속에서 허우적거리고 있는 느낌이 들었다. 문득 거실의 벽이 사방에서 그녀를 조여 오는 것처럼 보였다. 그냥 이대로 있다가는 질식할 것 같은 기분이 들어 그녀는 재빨리 엘리자베트를 품에 안고 밖으로 뛰쳐나왔다.

그리고 성큼성큼 초원을 가로질러 벤치 있는 곳으로 갔다. 아무도 그녀 쪽을 쳐다보지 않았다. 아마 둥그렇게 둘러싸고 있는 횃불 속에서 기다리고 있는 여자들은 그녀의 모습을 제대로 못 봤을 것이다. 어쩌면 기다리는 게 너무 지루해 꾸벅꾸벅 졸고 있었을지도 모른다. 밧줄을 감추고 있는 초원 위로 어슴푸레한 불빛들이 너울거렸다. 아그네스는 베른하르트를 비롯한 원정대가 지금쯤 밧줄 옆에서 노숙할 준비를 하고 있을 거라고 생각했다. 정말 아무 일 없는 걸까? 밧줄이 깜깜한 어둠을 뚫고 무서운 일직선이 되어 남자들을 향해 팽팽하게 이어졌다. 열심히 이 밧줄을 쳐다보고 있으면 베른하르트와 함께 봄을 맞을 수 있을까? 머나먼 거리를 뛰어넘어 남편한테 가닿으려는 자신의 마음을 베른하르트가 느낄 수 있을까? 오로지 팽팽하게 긴장한 영혼의 힘만으로 그에게 신호를 보내려는 것을 베른하르트가 알아차릴 수 있을까?

어둠 속에서 그녀의 입가에 고통스러운 미소가 번졌다. 아무래도 오래 기다리다 보니 마음이 약해졌다! 정신도 혼미해진 게 분명했다! 대체 어떻게 밧줄이 그들 사이의 거리를 좁혀 그녀를 베른하르트 가까이에 데려다줄지도 모른다고 진지하게 믿을 수 있단 말인가.

울리는 하루가 다르게 상태가 호전되었다. 열은 얼마 전부터 거의 정상으로 내렸다. 어찌나 듣기가 괴로운지 종종 아그네스가 귀까지 틀어막게 만들었던 그르렁거리는 숨소리도 사라졌다. 이제 낮 동안에 그는 거의 깨어 있는 상태로 마을의 다른 농부들에 비해 상당히 작고 허약한 두 손을 포개고는 주의 깊게 방 안을 둘러보았다. 한동안 그의 얼굴에서 사라졌던 사랑스러운 미소와 세상에 만족스러워 하는 표정이 되살아났다.

오늘 아침 그는 처음으로 제대로 된 문장으로 아그네스와 대화했다. 아그네스가 그에게서 등을 돌려 설거지를 하고 있을 때 기분 좋은 미소를 지으며 두 손으로 목을 감싸고는 물었다.

아직은 힘이 없는 목소리였다.

"어디 말 좀 해 봐요, 아그네스. 베른하르트는 어디 있나요?"

아그네스가 고개를 움찔하더니 뻣뻣하게 굳어진 채 시선을 떨어뜨렸다. 잠시 울리의 질문을 못 들은 척할까 생각했지만 이렇게 좁은 공간에서 그건 불가능한 일이었다.

"베른하르트는 어디 숨어 있느냔 말이에요?" 아그네스가 아무 대답이 없자 울리가 느긋하고 기분 좋은 목소리로 다시 한 번 물었다. "나는 아직 베른하르트의 얼굴을 못 봤어요. 벌써 밭에 일하러 나갔나요? 하긴, 내가 아주 오랫동안 잠을 잤으니 벌써 낮이겠네요."

아그네스의 호흡이 점차 가빠지고 눈시울이 뜨거워졌다. 대체 울리한테 뭐라고 대답해야 하지? 저 사람은 아직 완쾌된 게 아니고 열도 남아 있어서 흥분하면 건강에 안 좋을 것이다. 그녀는 어떻게든 그의 질문을 피할 시간을 벌어야 했다…….

"베른하르트는 밭에 나간 게 아니에요." 그녀가 말했다. "그는…… 떠났어요."

"떠났다고요? 대체 그게 무슨 말이에요? 밖에 있는 게 아닌가요? 밭에?"

"아뇨, 베른하르트는 밭에 있지 않아요. 그는…… 숲으로 들어갔어요."

"숲? 대체 숲에서 뭘 한다는 건가요?"

"그는…… 그러니까 그게, 베른하르트는…….."

"사냥을 하러 갔나요, 아니면 나무를 하러 갔나요? 그런데 왜 하필이면 한창 추수를 해야 할 시기에?"

아그네스가 이를 악물었다. 더는 말장난을 계속할 힘이 없었다. 울리를 속이는 것도 마음에 걸렸고, 거짓말을 하는 게 부끄럽고 수치스러웠다. 그녀가 울리에게로 홱 돌아섰다.

"베른하르트는 그 밧줄이 어떻게 된 건지 알아내기 위해 숲으로 들어간 거예요."

마치 아그네스가 뭘 받으라고 던져 주기라도 한 것처럼 울리는 목덜미를 감싸고 있던 두 손을 떼어 허공을 향해 허우적거렸다.

"뭐라고요? 하지만……."

아그네스가 앞치마로 얼굴을 가리고 눈물을 훔쳤다.

"방금 말한 그대로예요, 울리. 더 자세한 걸 알고 싶다면 말해 줄게요. 베른하르트는 오늘 숲에 들어간 게 아니에요. 벌써 숲에 들어간 지 나흘이나 됐어요. 그때부터 계속 기다리고 있는데 아직 아무 소식도……."

입을 멍하니 벌린 채 울리는 여전히 뭔가를 잡을 준비가 되어 있던 두 손을 허공에서 그대로 정지시켰다.

"하지만…… 그토록 오래 숲에 있다는 건 말이 안 돼요……. 나 홀이라니! 그럼 누군가 그를 따라갔어야죠. 가서 그를 찾아야죠! 다른 사람들은 그 일에 대해 뭐라고 하던가요?"

아그네스는 더는 눈물을 멈출 수가 없었다.

"울리……, 베른하르트는 숲에 혼자 들어간 게 아니에요. 모두…… 모두가 함께 길을 떠났어요! 우리 여자만 마을에 남겨놓고서. 물론 노인들하고 아이들도."

울리의 턱 밑에서 목젖이 꿈틀거렸다. 아그네스한테 물어보고 싶은 게 많은 듯했지만 그냥 고개만 가로젓고는 천천히 두 손을 시트에 내려놓았다.

그때부터 그는 오전 내내 아무 말 없이 거의 꼼짝도 않고 누워만 있었다. 나쁜 소식들이 그의 상태를 다시 악화시킨 듯했다. 그는 여러 번 정신을 잃었고 끙끙 앓는 소리를 냈다. 정신착란이 일어난 것처럼 얼굴에서 다시 경련이 일기도 했다. 그러다 잠시 잠에서 깨어났을 때는 천장만 응시했다. 두 눈은 마치 뭔가를 생각하고 있는 것처럼 보였다. 하지만 아그네스는 그가 정말로 생각을 하는 건지 아닌지 알 수 없었다.

그 상태가 다음 날 아침까지 지속되더니 변화가 나타났다. 얼굴에 생기가 돌아오더니 시트를 덮고 있는데도 몸을 움직이는 소리가 들릴 정도로 자꾸 부스럭거렸다. 남자들이 며칠째 거의 실종 상태라는데도 별로 충격을 받은 것 같지 않았다. 그는 시도 때도 없이 아그네스한테 질문을 던졌는데, 대부분 평범한 일상생활에서나 물어볼 수 있는 사소하고 시답지 않은 것들이었다. 아그네스는 울리가 이토록 남자들의 원정에 무심한 것에 한편으로는 놀라고 한편으로는 이해가 안 됐다. 그렇지만 인내심을 갖고 그의 질문에 일일이 대답해 주었다. 아니, 그런 질문들로 뭔가 딴 데 정신을 팔 수 있게 해 준 것이 오히려 고마웠다.

아그네스는 이제 울리가 완전히 제정신으로 돌아온 것을 느꼈다. 그가 정신이 혼미한 동안에 사실 그녀는 집에 혼자 있는 기분이었다. 그런데 지금은 단 한순간도 집에 손님이 있다는 사실을 잊을 수가 없었다. 그는 베개를 하나 더 가져와 등에 받쳐 달라고 한 다음 만족을 모르는 호기심에 사로잡혀 눈을 번득거리며 이 집의 모든 것을 꼼꼼하게 살펴보았다. 울리 근처에서 일을 하고 있을 때면 아그네스는 그의 아름다운 눈길이 자신의 움직임을 하나부터 열까지 전부 따라다니고 있는 것을 느낄 수 있었다. 그녀가 몇 발자국 옆으로 가면 울리는 그녀를 시야에서 놓치지 않으려는 듯 거리낌 없이 그리고 정확하게 그녀가 있는 방향으로 고개를 돌렸다.

아직 울리가 의식이 완전히 돌아오지 않았을 때 그의 마음을
진정시키기 위해 엄마의 마음으로 손을 부여잡고 달콤한 말을
속삭여 준 기억이 떠오를 때면 아그네스는 당혹감에 얼굴이 달
아올랐다. 이제 그런 행동은 할 수 없었다. 하지만 그녀는 자신
이 울리한테 멋진 구경거리를 제공하기 위해 무심결에 그러는
척하면서 머리를 슬쩍 쓸어 넘기고 있다는 것을 깨달았다. 사
실 얼마 전까지만 해도 그녀는 방 한가운데서 그냥 엘리자베트
한테 젖을 물렸다. 그런데 지금은 젖을 먹이려면 사소한 것 하
나도 전부 빨아들일 것 같은 눈빛으로 그녀를 지켜보는 울리의
눈길을 피해 엘리자베트를 데리고 구석으로 물러났다. 그런데
도 번번이 얼굴이 화끈 달아오르는 것을 느꼈고, 그러는 자신
에게 몹시 놀랐다. 아이까지 낳은 여자에게 아직도 소녀 같은
부끄러움이 남아 있는 게 가능한 일일까? 대체 이런 감성은 언
제쯤 사라질까?

요한네스는 여전히 으스대고 거들먹거리면서 첫날과 마찬
가지로 여자들이 지금 절실히 필요하다고 느끼는 남자의 면모
를 어필하기 위해 애썼다. 위기 상황에서 버팀목이 될 수 있는
강한 남성의 모습 말이다. 마을을 한 바퀴 다 순찰했을 때 그는
이제 자신이 더는 불쾌감을 유발하는 존재가 아니라는 것을 깨

닫고는 기분이 몹시 좋아졌다. 난데없이 나타난 골칫덩어리를 쳐다보는 듯했던 사람들의 눈초리가 확연히 부드러워져 있었던 것이다. 물론 앞으로 어떻게 될지는 정확히 알 수 없었다. 여자들 머릿속에 생각할 문제가 많아 잠시 그러는 것일 수도 있고, 처음에는 무시했던 그의 권위가 이제 슬슬 살아나기 시작했기 때문일 수도 있었다. 아무튼 이거 한 가지는 분명했다. 여자들이 그들에게 아직 남자 하나가 남아 있다는 것을 높이 평가하고 있다는 사실이었다.

마을에 남아 있을 사람을 정하는 제비뽑기에서 하필이면 자신이 뽑힌 것이 이제 더는 굴욕이 아니었다. 굴욕은커녕 그의 인생을 통틀어 가장 큰 행운이었다. 남자들한테 재앙이 일어났을 가능성이 커질수록 그의 만족감은 더 커졌다. 원정대에 끼지 못한 것이 오히려 온갖 불쾌한 일과 거리가 먼 친숙하고 평온한 삶을 유지할 수 있는 행운을 가져다준 것이다. 그는 이 만족감을 좀 더 느긋하게 향유하고 싶어서 저녁마다 가죽의자에 두꺼운 방석을 깔고 방만한 자세로 앉아서 직접 빚은 포도주를 마셨다. 포도주가 따뜻하게 내장을 타고 흘러 내려가는 동안 그는 "마지막에 웃는 자가 승리한다."라는 속담을 떠올리면서 의기양양한 기분을 마음껏 만끽했다.

남자들이 원정을 떠난 지 닷새째 되는 저녁에 마을 사람 전부가 다시 숲 가장자리에 모였다. 이번에는 어슴푸레한 횃불의 불빛 속에 풀 죽은 모습으로 그냥 앉아서 기다리는 데 그치지 않고 회의를 열었다. 마을을 짓누르고 있는 긴장감이 절정이 이르렀기 때문에 다들 이제는 이 소모적이고 고통스러운 기다림을 끝낼 때가 됐다고 느꼈기 때문이다. 이런 식으로 하루를 더 보내고 싶어 하는 사람은 하나도 없었다. 그래서 그들은 내일 아침 추수를 시작하기로 결정했다. 추수에 필요한 농기구들은 요한네스와 여자들, 아직은 기력이 약간 남아 있는 노인 둘, 그리고 아이들 중에서 힘을 좀 쓸 수 있는 세 명이 나르기로 했다. 물론 여자들은 지금까지 단 한 번도 큰 낫을 손에 쥐어 본 적이 없었다. 이 마을에서는 전통적으로 그런 일은 남자들 몫이었다. 하지만 전통을 깨는 것에 아무도 이의를 제기하지 않았다. 이런 문제가 거론될 때면 늘 시비를 걸던 사람들이 하나도 남아 있지 않았기 때문이다. 게다가 지금은 이것저것 따질 계제가 아니었다.

숲속을 통과하는 게
그들만은 아니다

남자들의 행군 속도가 평소보다 느려졌다. 버드나무 가지를 엮어 만든 높다란 지게를 등에 지고 있었기 때문이다. 지게에는 빈 오두막에서 찾아낸 각종 물건이 가득 실려 있었다. 경사가 아주 완만한 오르막길에서도 두 다리가 천근만근 무거웠고, 나무들 사이를 채우고 있는 뜨거운 열기는 숨을 턱턱 막히게 했다. 이제야 비로소 지금까지 그들이 얼마나 가벼운 몸으로 아무 어려움 없이 행군했는지를 깨달았다. 벌써 몇 사람은 어제 너무 탐욕스럽게 닥치는 대로 물건을 집어 온 것을 후회하면서 다음 번 휴식 때 짐을 다시 정리해 필요 없는 물건 몇 가지는 버려야겠다고 결심했다.

라우크는 짐이 거의 늘지 않은 유일한 사람이었다. 물론 허리춤에는 짐승을 도살할 때 주로 쓰는 검처럼 기다란 단도를 차고 있었고, 가슴을 가로지르는 가죽 끈에는 양날도끼가 단단히 매달려 있어서 걸을 때마다 턱 밑에서 흔들렸다. 하지만 그두 가지 물건을 빼놓고는 오두막에 있던 그 어떤 것도 그의 마음을 사로잡지 못했다. 그래서 그는 무거운 지게를 지고 가느라 땀을 뻘뻘 흘리며 생고생을 하고 있는 사람들 사이에서 평소와 똑같이 힘차게 걸어갔다. 뜨거운 열기에도 행군하면서 뿔피리를 부는 일 역시 전혀 힘들지 않았다.

그의 연주는 이미 농부들의 귀에 너무 익숙해진 터라 진땀을 삐질삐질 흘리면서 터벅터벅 걸어가는 동안 그의 연주는 쏴쏴 불어오는 바람 소리, 지지배배 우는 새들의 노랫소리처럼 아주 먼 곳에서 나는 소리처럼 받아들여졌다. 그러다 문득 연주를 멈추면 그제야 농부들은 뭔가 기분을 좋게 하던 것이 있다가 갑자기 사라졌다는 것을 깨닫고는 깜짝 놀랐다. 그러다가 다시 연주가 시작되면 입가에 미소가 번졌다. 그리고 계속해서 그들을 고치 속에 은둔할 수 있게 해 준 음악이 흐르는 것에 안도했다.

농부들의 머릿속에서는 버려진 마을에 대한 생각이 떠나지 않았다. 폐가가 된 오두막집들을 샅샅이 뒤져 물건들을 약탈할 때 너무 야만적인 본능에 몸을 맡긴 게 아니었을까 하는 의문이 그들을 괴롭혔다. 그때의 장면들이 어찌나 생생하게 눈앞에 떠오르는지 그럴 때마다 농부들은 얼굴이 달아오르고 눈길을 어디다 둬야 할지 몰라 당황했다.

물론 한두 명은 양심의 가책 같은 것을 느끼지 않았다. 그들이 찾은 핑곗거리는 바로 라우크였다. 그들은 모든 것이 라우크가 그들을 잘못된 길로 이끈 탓이라며 자신들의 마음을 다독거렸다. 라우크가 그토록 심하게 몰아붙이지만 않았어도 나는 절대 남의 물건에 손댈 생각 같은 건 안 했어. 말 그대로 이건 전부 라우크 탓이야. 라우크가 우리의 머리를 해까닥 돌게 만든 거야. 그래도 나는 라이문트만큼 심하게 머리가 돌지는 않았어. 그것만 해도 어디야. 손도끼와 쇠막대기를 들고 설칠 때의 라이문트는 정말 완전히 제정신이 아니었어. 그는 정말 그때 자기가 무슨 짓을 하고 있는지 전혀 모르더라니까.

어쨌거나 그들이 자식들과 손자들한테 죽을 때까지 들려주고 또 들려줄 작정이었던 이 머나먼 원정 이야기는 이 지점에서 약간 정상궤도를 이탈했다. 아무리 변명하고 그럴듯한 핑계를 찾아봐도 그들의 행위를 정당화할 수는 없었다. 아무래도 버려진 마을과 관련된 이야기는 대충 뭉뚱그려서 어물쩍 넘어가는 게 가장 좋을 듯싶었다. 아니다, 자식들과 손자들이 잘못된 생각을 품지 않도록 아예 그 이야기는 빼 버리는 것이 최선일 것이다.

낮이 되자 빽빽했던 나무들의 간격이 조금씩 멀어지기 시작했다. 빛이 좀 잘 드는 곳에서는 나무딸기들이 덤불을 이루며 자라고 있었다. 햇살을 받은 딸기들이 진홍색으로 반짝거리는 바람에 마치 덤불이 불길에 시커멓게 탄 것처럼 보였다. 원정대가 가까이 다가가자 나무딸기에 앉아 있던 참새들이 떼를 지어 한꺼번에 후드득 나무 위로 날아올랐다. 남자들이 쩝쩝거리면서 딸기를 혀로 핥아 먹었다.

다시 행군하는 동안 이제 그들의 머릿속은 온통 마을 생각뿐이었다. 지나가는 길옆으로 추수를 해야 할 만큼 웃자란 곡식들이 보였기 때문이다. 곡식들이 눈에 들어오는 순간 농부들은 딸기를 따 먹는 대신 마을로 돌아가 밭에서 밀과 호밀을 추수해야 했다는 후회가 밀려왔다……. 하지만 그 후회는 그리 오래 농부들의 마음을 사로잡지 못했다. 무력감과 피곤에 지친 농부들은 다음 번 오르막길이 나타났을 때 이미 지게 끈 밑으로 엄지손가락을 집어넣고는 숨을 헉헉대면서 우울한 상념에 빠져 버렸다.

하지만 이대로 집으로 돌아갈 수 없다는 집념이 다른 잡념들을 전부 옆으로 밀어냈다. 그들은 지금까지 단 한 번도 느껴 본

적 없는 강렬한 지식욕을 느꼈다. 밧줄의 엄청난 수수께끼를 꼭 풀고야 말겠다는 욕망이었다. 그들은 어떤 대가를 치르더라도 꼭 끝장을 보고 싶었다. 그러니 밧줄의 끝을 발견할 때까지 원정을 계속할 수밖에 없었다. 밧줄의 비밀을 풀지 못한 채 마을로 돌아가는 것은 생각만 해도 끔찍했다. 아무 성과 없이 빈손으로 돌아가면 얼마나 바보 멍텅구리처럼 보이겠는가! 원대한 뜻을 품고 야심차게 시작했던 원정을 단지 집으로 돌아가고 싶다는 이유로 이렇게 금세 포기한다는 것은 허풍선이 사기꾼들이나 하는 짓이 아닌가……

밧줄은 시종일관 평온하게 남자들을 앞으로 이끌었다. 그들은 자꾸 약해지는 자신에게 용기를 불어넣으면서 인내심을 갖고 열심히 밧줄을 따라갔다. 농부들은 심지어 꿈속에서도 밧줄이 부드러운 곡선을 그리면서 언덕을 오르락내리락하고 나무 기둥들 사이로 끝없이 이어지는 광경을 보았다. 의문을 품고 더 나은 통찰에 이르고자 하는 농부들의 마음을 밧줄은 독재자처럼 가로막아 버렸다. 양심의 가책 때문에 밧줄을 포기하고 집으로 돌아가야겠다는 마음이 들 때마다 이상하게도 밧줄이 더 강력한 힘으로 그들의 마음을 빼앗았다.

이제 남자들은 점차 숲속 생활에 익숙해지기 시작했다. 원정 초기에만 해도 한곳에 정착하며 살아온 농부들한테는 몹시 서

투르고 힘들었던 일들이 시간이 갈수록 몸에 익었다. 또한 유목민처럼 계속 이동하면서 살아가는 삶에 필요한 기술들을 마치 한평생 그렇게 살아온 것처럼 아주 자연스럽게 익혔다.

게다가 어제 농부들은 숲속 생활을 덜 원시적으로 만들어 줄 많은 도구를 획득했고 그 덕분에 모든 일이 훨씬 수월해졌다. 예를 들면 식사 준비를 훨씬 쉽게 할 수 있게 되었고, 담요로 편안한 잠자리를 만듦으로써 밤에 맨바닥에서 자는 불편함에서도 벗어났다.

하지만 가장 유용한 획득물은 바로 주사위통이었다. 그 안에 주사위 세 개가 들어 있었다. 마을에 있을 때 남자들이 가장 좋아하던 놀이가 바로 주사위 던지기였는데, 드디어 며칠 만에 여기 밖에서도 그 놀이 욕구를 충족시킬 수 있게 된 것이다. 행군을 하다 잠시 쉴 때마다 주사위통이 사람들의 손을 거쳐 갔고, 떡갈나무 밑에서 그랬던 것처럼 환호성과 욕설이 터져 나왔다.

하지만 라우크는 이런 놀이에 전혀 동참하지 않았다. 원정대가 휴식을 취할 때면 그는 언제나 그림 스케치에 몰두했다. 그러다 가끔 주사위놀이를 하는 사람들의 어깨 너머로 구경하면서 마치 비록 한심하지만 별로 해롭지 않은 놀이에 푹 빠져 있는 자식들을 바라보는 인자한 아버지처럼 자애로운 미소를 짓곤 했다.

다음 날 오후 처음으로 늑대가 울부짖는 소리가 들렸다. 그 소리를 듣는 순간 갑자기 정지명령이라도 떨어진 것처럼 농부들이 일제히 걸음을 멈췄다. 그리고 고개를 돌려 덤불숲을 쳐다보았다. 방향은 정확히 알 수 없었지만 숲의 적막을 뚫고 늑대 울음소리가 뚜렷이 울려 퍼졌다. 안 그래도 땀이 줄줄 흘러내리던 농부들의 등줄기 위로 전율이 흘러내렸다. 사냥개들이 허공을 향해 어찌나 귀를 바짝 세웠던지 마치 머리에 뿔이 솟은 것처럼 보였다. 15분쯤 지났을 때 늑대 울음소리가 조금씩 약해지다가 어느 순간 완전히 사라져 버렸다. 서너 명이 아직도 울음소리가 들리는지 확인하기 위해 두 손으로 귀를 오므려봤지만 사방은 고요했다.

농부들은 그 자리에 못 박힌 것처럼 꼼짝도 않고 서 있었다. 부드러운 바람이 일자 나무들이 쏴쏴 흔들렸다. 어디선가 새들이 나타나 아름다운 노랫소리로 농부들의 마음을 위로해 주었다. 농부들이 당혹스런 목소리로 말했다.

"젠장. 대체 소리가 어느 쪽에서 들린 건가?"

"나도 모르겠네."

"내 생각에는 저 위쪽 같은데."

"아닐세, 그쪽이 아니고 저쪽이네! 내 두 귀로 정확히 들었네
……."

"맞아!"

"내 말 들어 보게. 늑대들은 멀리 사라졌네. 놈들이 우리의
냄새를 못 맡은 게 분명하네."

"맞아! 절대 냄새를 맡았을 리가 없어!"

"나도 그렇게 생각하네! 그런데 말일세, 만약! 만약에! 만약
에 말이야, 놈들이 우리 냄새를 맡았으면 어떻게 되는 거지?"

"맡은들 대순가! 그럼 어때! 나는 하나도 안 무섭네!"

"나도 겁 안 나!"

농부 서너 명이 자신들은 절대 늑대 울음소리에 겁먹지 않
았다는 것을 보여 주기 위해 턱을 앞으로 쭉 내밀었다. 심지어
미하엘은 늑대 울음소리를 조롱하듯 미소까지 지었다. 다시 한
번 적막에 귀를 기울인 뒤 농부들이 지게를 바로잡았다. 라우
크가 뿔피리를 입으로 가져가 행진을 독려하는 멜로디를 연주
하기 시작했고, 원정대는 다시 길을 떠났다.

저녁이 되었을 때 남자들은 모닥불 주위에 차분히 모여 앉았
다. 오늘은 다른 날보다 조금 일찍 잘 준비를 했다. 모닥불도 훨
씬 크게 피워 놓았고 불이 꺼지지 않도록 조심했다. 활과 화살

은 언제든지 바로 집어들 수 있도록 자기 옆에 놓아두었다. 몇몇 사람은 오는 길에 주운 나무토막으로 몽둥이를 만들어 끝을 창처럼 뾰족하게 다듬어 놓았다. 계속 그들을 뒤따라온 늑대 울음소리는 밤새도록 그들의 숙영지 주위에서 으스스하게 이어졌다. 가끔 거의 흐느끼는 것처럼 소리가 아주 약해졌다가도 순식간에 모닥불이 타닥타닥 타오르는 소리와 나뭇잎들이 사각거리는 소리를 완전히 압도할 만큼 크게 울려 퍼졌다.

모닥불 불길이 박쥐들을 끌어들였다. 소리도 없이 날개를 퍼덕거리는 박쥐들이 모닥불 위를 스치듯 지나 회색 그림자를 드리우면서 나무들 사이로 마구 날아올랐다. 박쥐들이 불길 위를 스쳐 지나갈 때마다 모닥불이 박쥐들의 날개를 불태우려는 듯 혀를 날름거렸다. 한 줄기 바람이 획 불어오면 타닥거리며 타오르던 불꽃들이 하늘 높이 달아나는 그림자들을 따라 꽁무니를 길게 빼면서 허공으로 날아 올라갔다.

토르와 헤처는 숙영지 가장자리에서 마치 서로를 지켜 주듯이 등을 맞대고 앉아서 어둠을 향해 귀를 쫑긋 세우고 있었다. 갑자기 사냥개들이 고개를 뒤로 젖히고 소름이 끼칠 만큼 단조로운 소리로 구슬프게 울어 댔다. 그런 소리를 들어 본 적이 없던 농부들은 화들짝 놀라 일제히 그쪽으로 고개를 돌렸다. 심지어 펜과 종이를 들고 어느 나무에 앉아 있던 라우크까지 짜

증스런 눈빛으로 자신의 개들을 쳐다보았다. 개들을 그대로 내 버려 둘 건지 제지할 건지 잠시 고민하는 듯하더니 마침내 쇳 소리로 휘파람을 불었다. 농부들은 무슨 의미인지 알아들을 수 없는 소리였는데, 개들은 즉시 입을 다물었다. 그런 다음 고개 를 푹 수그리고는 주인 곁으로 슬금슬금 다가가 거품을 내면서 혓바닥으로 주인의 얼굴을 핥았다. 라우크는 그들을 물리치지 않았다.

칠흑 같은 어둠이 찾아왔을 때 마침내 늑대 울음소리가 멎 었다. 남자들은 모닥불을 아침까지 계속 유지하기로 결정한 뒤 일정한 간격을 두고 교대로 보초를 서기로 했다. 라우크는 입 을 다물고 조용해진 사냥개들을 튼튼한 가죽 끈으로 나무에 꽉 묶어 놓았다. 대부분 사람은 잠자리에 들고, 몇몇 사람만 모닥 불 가에 앉아 박쥐를 구경하면서 시간을 보냈다. 라우크가 그 들 사이에 끼여 앉아서 오만한 궁수 이야기를 들려주었다.

오만한 궁수

옛날 옛적에 숲속의 어느 은둔자 집에 한 소년이 살고 있었다. 소년은 친부모가 누군지 알지 못했다. 몇 년 전 학이 강보에 싸인 그 아이를 물고 와 노인한테 전해 주었다. 노인은 그 아이를 자식처럼 키웠다. 그들은 인적이 드문 외진 곳에서 나뭇가지를 엮어 만든 오두막에서 살았다. 야생에서 채취한 식물과 열매 그리고 그물로 잡은 새로 연명했다. 낮 동안 소년은 염소를 돌봤고, 저녁이면 은둔자는 소년에게 숲에 관한 이야기를 들려주거나 갈대피리로 노래를 연주해 주었다.

세월이 흘러 소년은 어느새 힘센 장정이 되어 숲속을 누비며 돌아다녔다. 가끔은 보살펴야 할 염소를 까맣게 잊고 먼 곳까지 갔다. 그러다가 밤늦게 노인이 걱정하며 그를 찾고 있을 때 어둠 속에서 나타나곤 했다. 어느 날은 너무 깊이 숲에 들어가는 바람에 돌아오는 길을 잃어 하는 수 없이 어느 나무 밑에서 밤을 보냈다. 다음 날 아침 눈을 떴을 때 이 숲의 끝이 어디일까 하는 호기심이 청년을 사로잡았고 그는 그걸 알아내기 위해 계속 길을 걸었다.

낮이 되자 빽빽했던 숲속에 나무들이 점차 줄어들더니 어느 순간 눈앞에 도시가 나타났다. 태어나 지금까지 한 번도 본 적이 없는 아름다운 집들로 가득 차 있었고 거리에는 사람들이 바쁘게 오갔다. 도시 한가운데에 높은 탑들이 치솟아 있는 커다란 성이 자리 잡고 있었는데 바람에 휘날리는 깃발들이 지붕을 장식하고 있었다. 그 나라를 다스리는 왕이 사는 곳이었다.

청년이 성 앞에 도착해 보니 엄청난 인파가 운집해 있었다. 그곳에서 어떤 경기가 열린다는 방을 보고 전국 방방곡곡에서 몰려온 참가자들과 구경꾼들이었다. 왕한테는 아름다운 딸이 하나 있었다. 그 딸이 결혼할 나이가 되어 성에서 활쏘기 시합을 개최할 예정이니 이 나라의 모든 뛰어난 궁사는 성 앞에 집결하라는 왕명이 떨어진 것이었다. 왕은 그중에서 실력이 가장 뛰어난 궁사와 공주를 결혼시킬 거라고 말했다.

공주는 만면에 미소를 띠면서 궁사들을 내려다보았다. 참가자들은 전부 기사나 귀족의 자제였다. 청년은 공주를 보는 순간 정신이 혼미해졌다. 공주의 붉은 입술에 번지는 미소와 부드러운 손이 숨 막히게 한 것이다. 청년은 공주를 아내로 맞는 것 말고는 세상에 아무 소원이 없었다. 그래서 그는 기다리고 있는 청혼자 무리로 다가가 줄을 섰다.

왕의 시종들이 어깨에 새장을 올린 채 걸어왔다. 각 새장 속에는 비둘기 세 마리가 들어 있었다. 왕이 새장 문을 열라고 명령했다. 궁사들은 활을 쏘아 허공을 향해 날아오르는 비둘기들을 맞혀야 했다. 청혼자들은 자신들의 운을 시험해 봤지만 후루룩 하늘로 날아오르는 비둘기를 맞힌 사람은 하나도 없었다. 빗맞은 화살들이 허공으로 휘익 날아갔다.

드디어 청년이 포함된 줄이 활을 쏠 차례가 됐을 때 사람들은 모두 깜짝 놀랐다. 머리카락을 치렁치렁하게 기른 데다가 귀족 자제들과 너무 차이나는 남루한 옷차림의 젊은이가 끼여 있었기 때문이다. 다시 새장들의 문이 일제히 열렸고 청년은 잽싸게 화살을 하나 쏘았다. 청년이 쏜 화살이 비둘기 세 마리를 단번에 꿰뚫었다. 마치 바비큐 꼬치에 일렬로 꿰인 것처럼 비둘기들이 바닥으로 떨어지는 순간 구경꾼들 사이에서 일제히 커다란 환호성이 터져 나왔다. 젊은 궁사의 활 솜씨에 다들 반한 눈치였다. 왕이 청년에게 가까이 다가오라고 했다. "네가 비천한 태생이라는 것은 한눈에 알아보겠구나. 하지만 나는 약속한 대로 너에게 이 왕국을 물려주겠노라."

청년은 성벽 꼭대기까지 울려 퍼지는 사람들의 함성 소리에 귀를 기울이면서 어떻게 이런 일이 일어났는지 생각했다. 그는 단지 허공을 향해 화살을 하나 쏘았을 뿐인데 사람들은 환호성을 지르며 그를 우러러보았다. 심지어 왕은 그에게 하나뿐인 딸과 왕국까지 넘겨주겠다고 했다. 그는 자신에게 놀라운 재능이 있다는 것을 깨달았다. 그 순간 이 나라의 왕이 되는 것보다 훨씬 더 존귀한 일이 있을 것 같은 예감이 들었다. 왕은 계속 입을 다물고 있는 청년에게 무슨 생각을 하는 거냐고 물었다. 청년은 마치 꿈을 꾸는 듯한 표정으로 이렇게 대답했다. "폐하! 저의 소망은 공주님과 결혼해 이 나라를 물려받는 것이 아니옵니다. 공주님의 손은 아무런 흠결이 없는 청혼자들 중의 한 사람에게 맡기시기 바라옵니다."

그 말을 드는 순간 군중 사이에서 경악의 탄성이 터져 나왔고 왕의 얼굴에는 분노가 스쳐 지나갔다. 왕이 격분한 목소리로 말했다. "내 딸의 손은 이 세상에서 가장 귀한 보물이고 나는 지금 그걸 너에게 주려는 것이다. 그런데 대체 네놈은 무슨 연유로 감히 그걸 물리치려는 것이냐?" 왕이 근위병들한테 청년을 체포하라는 신호를 보냈다.

젊은이는 활을 단단히 어깨에 둘러매고는 그곳에서 달아났다. 활이야말로 그에게는 보물 1호였기 때문이다. 하지만 구경꾼들은 팔을 쭉 뻗어 그의 옷을 붙잡으려 했고 근위병들은 칼을 치켜들고 그를 뒤쫓아 왔다. 그들을 요리조리 피하면서 골목길을 돌다 보니 어느새 성의 탑들이 아주 멀리 있었다. 추적자들이 어디까지 뒤쫓아 왔는지 확인하기 위해 고개를 돌리려는데, 골목길에 있는 어느 판잣집 현관문이 열리더니 주름이 자글자글한 손 하나가 그에게 들어오라는 손짓을 했다. 그는 잠시 생각할 것도 없이 그대로 그 집 문지방을 넘어 안으로 뛰어들었다.

집 안은 어두컴컴했다. 빛이라고는 화덕에서 타오르는 흐릿한 불꽃이 유일했다. 등이 구부정하게 굽은 노파가 몹시 다정한 얼굴로 그를 쳐다보면서 어째서 근위병들한테 쫓기는 건지 물었다. 청년이 사정을 말하자 노파가 주름이 자글자글한 두 손을 문지르면서 자기 집에 머물러도 좋다고 말했다. 안 그래도 숨을 곳이 필요했던 청년은 다행이다 싶어 그렇게 하기로 했다.

청년은 하루 종일 연기가 자욱한 집 안에서만 머물면서 바깥의 동정을 살폈다. 바깥에서는 계속 추적자들이 박차를 가하며 다그닥다그닥 말을 달리는 소리가 들렸다. 왕이 그를 붙잡

을 때까지 추적을 중단하지 말라는 명령을 내린 것이다. 저녁
이 되면 그는 벽에 걸어 놓았던 활을 꺼내 몰래 밖으로 빠져나
와 성을 향해 걸어갔다. 어둠 속에서 성이 웅장한 모습으로 우
뚝 서 있었다. 요철 형태의 성첩(城堞, 성 위에 낮게 쌓은 담—옮긴
이)이 어슴푸레하게 치솟아 있었고, 탑 꼭대기에는 왕의 깃발이
바람에 나부끼고 있었다. 문득 청년은 자신의 활 솜씨를 시험
해 보고 싶었다. 과감하게 화살을 하나 쏘았다. 화살은 펄럭거
리는 깃발에 정확히 꽂혔다. 그는 재빨리 다시 판잣집으로 도
망쳤다. 집에 돌아온 청년은 자신의 뛰어난 활 솜씨가 너무나
자랑스러워 오랫동안 잠을 이루지 못했다.

아침에 창밖으로 머리를 내밀었던 근위병이 화살 하나가 허
공에서 바람에 흔들리고 있는 것을 발견했다. 왕에 대한 불경
스러운 도발이라는 소문이 금세 성 전체에 파다하게 퍼졌다.
왕은 다시 근위병을 풀었다. 그들은 골목을 하나도 빼놓지 않
고 전부 돌아다니면서 집집마다 현관문을 쾅쾅 두드렸다. 오래
지 않아 노파의 집에도 이르렀다. 하지만 꾀가 많은 노파는 근
위병들을 안으로 들어오게 한 뒤 직접 빚은 포도주와 과자를
대접했다. 집 안이 너무 어두컴컴한 데다가 청년은 벽난로 구
석에 숨어 있었기 때문에 근위병들은 청년을 보지 못하고 그냥
돌아갔다.

저녁이 되자 청년은 창가에 서서 어둠 속을 내다보았다. 멀리 도성 뒤쪽에 높은 산이 하나 우뚝 솟아 있는 게 보였다. 달빛에 산이 희미하게 모습을 드러냈는데, 봉우리가 어찌나 높은지 하늘을 뚫고 올라갈 기세였다. 청년이 벽난로 옆에서 꾸벅꾸벅 졸고 있던 노파를 깨워 저게 무슨 산이냐고 물었다. 노파가 눈을 비비면서 졸린 목소리로 대답했다. "저 산봉우리에는 아름답고 현명한 여왕님이 다스리는 왕국이 있소. 하지만 그곳까지 올라가는 건 금지되어 있네. 만약 누군가 그걸 어기고 올라간다면 죽게 될걸세."

그 말을 듣는 순간 청년은 산봉우리를 화살로 한 번 맞혀 보고 싶은 소망을 품었다. 그래서 곧바로 노파한테 작별을 고한 뒤 서둘러 길을 떠났고 얼마 안 돼 산기슭에 이르렀다. 그가 허공을 향해 막 활시위를 잡아당겼을 때 하늘을 떠돌던 구름이 달을 가려 버렸고 그 바람에 산봉우리 역시 어둠에 잠겨 버렸다. 청년은 이대로 포기할 수 없어 험한 절벽을 기어오르기로 결심했다. 하지만 산이 너무 높고 험준한 데다가 곳곳에 덤불 숲이 있어 자꾸 관목들에 발이 걸렸다. 설상가상이라더니 뾰족한 돌에 손까지 찢기는 바람에 손에서 피가 줄줄 흘렀다. 그는 앞으로 나아갈 수도 없고 뒤로 물러설 수도 없는 진퇴양난의 곤경에 빠졌다. 그래서 화살을 하나 꺼내 있는 힘껏 활시위를 당겼다. 마치 별똥별처럼 밤하늘을 가르며 하늘로 날아올라 간 화살이 산봉우리까지 도달했다. 다음 순간 그의 앞길을 가로막던 관목들이 옆으로 비켜났고 어떤 돌도 그의 손을 찢지 않았다. 그리고 발을 디딜 수 있는 적당한 틈새가 계속 눈앞에 보였다. 마치 그 자신이 활시위를 떠난 화살이 된 것처럼 그는 쏜살같이 산봉우리를 향해 달려갔다.

마침내 그가 산봉우리에 올라섰을 때 어둠 속에서 한 줄기 빛이 희미하게 빛나는 게 보였다. 어느 동굴 입구였다. 그가 쏜 화살이 그곳에 떨어져 있는데, 화살 끝이 동굴 안쪽을 향하고 있었다. 그는 용기를 내 동굴 안으로 걸어 들어갔는데 도무지 숨을 쉴 수가 없었다. 진주와 온갖 보석으로 장식된 왕좌에 여왕이 앉아 있었다. 여왕은 반짝이는 별들로 장식된 왕관을 쓰고 있었다. 그런데 표정이 너무 온화하고 밝아 보여서 청년은 몹시 어리둥절했다. 여왕이 왕좌에서 일어서며 말했다.

"너에게 노파를 보낸 건 바로 나다. 시기하는 자들로부터 너를 지켜 주기 위해서였다. 그리고 네가 쏜 화살이 밤하늘을 가로질러 산봉우리로 날아왔을 때 나는 네 발길이 닿을 곳에 미리 길을 닦아 주었다. 내 왕국에 온 것을 환영한다. 그리고 너에게 악수를 청하노라."

젊은이는 자신의 활을 부러뜨린 뒤 여왕이 내민 손을 잡았다.

추수

마을 사람들은 숲 위로 아직 해가 떠오르기도 전에 일어나 추수를 시작했다. 어제저녁에 밧줄 옆에서 회의를 끝낸 뒤 요한네스는 여자들의 반감을 무릅쓰고 기어코 낫 사용법을 상세하고 장황하게 설명했다. 그 덕분에 여자들은 머리에 알록달록한 수건을 쓰고 블라우스 소매는 걷어 올린 채 이를 악물고 열심히 낫질을 했다. 삼사 년쯤 후에야 맡을 줄 알았던 익숙하지 않은 임무를 부여받은 세 아이는 몹시 뿌듯해 하면서 비록 서투르지만 열심히 일을 했다. 노인들은 베어 낸 곡식들을 추수용 손수레로 날랐는데, 당연히 속도는 너무 느렸다.

지금까지 한 번도 본 적이 없을 만큼 강력하고 장엄하며 야생의 기운마저 서려 있는 아침 여명에 휩싸여 있는 파란 하늘에 거대한 먹구름이 지나갔다. 따스한 온기가 온 마을을 가득 채웠다. 여름에만 볼 수 있는 그런 날씨였다. 온기 탓에 증발된 초원의 이슬들이 뿌연 안개가 되어 누워 있는 풀들 속으로 스며들었다.

그런데 시간이 흐를수록 정체를 알 수 없는 압박감이 계속 사람들을 짓눌렀다. 그래선지 다들 빈번히 하던 일을 멈추고 입을 멍하니 벌린 채 숨을 헉헉댔다. 그리고 계속 주위를 맴돌며 괴롭히는 파리와 모기를 쫓기 위해 땀이 줄줄 흘러내리는 얼굴을 두 손으로 훔쳐 냈다. 우리에 있는 가축들도 힘들어 하기는 마찬가지였다. 젖소들이 음매음매 신음하면서 나무 벽에 머리를 쿵쿵 박았다.

점심때가 되자 자연이 분노했는지 돌풍이 일더니 나무우듬지들을 세차게 스치며 지나갔다. 또 구름은 색깔이 점차 짙어지면서 갈수록 무거워져 금방이라도 땅으로 떨어질 것처럼 아슬아슬해 보였다. 제비들이 뭔가에 쫓기듯이 다급하게 날개를 파닥거리며 합각머리 지붕들 위로 빙 날아올랐다가 다시 들판으로 아주 낮게 미끄러지듯이 날아갔다. 어찌나 낮게 날아가던지 제비 날개가 거의 이삭들을 스칠 정도였다. 낫질을 하던 아이들이 낫을 가슴팍에 가져다 대고는 휘둥그레진 눈으로 제비들을 좇았다. 자연은 원래의 모습과 색깔들을 전부 잃어버렸다. 초록색 초원에서는 풀들이 생기를 잃고 옆으로 누워 버렸고 이삭이 누렇게 익은 황금빛 들판은 지저분한 회색빛을 띠었으며 나무들은 마치 죽은 고목처럼 서 있었다.

거들먹거리며 사람들 사이를 돌아다니던 요한네스가 아이들한테 당장 집으로 달려가 창문의 덧문들을 닫으라고 호통치듯이 말했다. 여자들은 계속 추수를 하면서 먹구름에 뒤덮인 하늘을 올려다보았다. 이제 곧 폭우가 쏟아질 게 분명했기 때문에 무슨 일이 있어도 그 전에 추수를 끝내야만 했다. 낫질을 해서 베어 낸 뒤 수레로 옮겨 싣는 곡식 한 다발 한 다발이 다시는 얻을 수 없는 귀한 재물이었다.

얼마 안 지났을 때 멀리서 천둥소리가 울리더니 금세 가까워졌다. 더 강해진 바람이 물결치듯 이삭들을 스치고 지나가는 바람에 이삭들이 구부러지고 꺾어졌으며 여자들의 블라우스가 펄럭거렸다. 심지어 어떤 여자의 머릿수건이 바람에 벗겨져 빨간 헝겊 조각처럼 지붕들 위로 휙 날아가 버렸다. 머리 위에서 우르르 쾅쾅 천둥이 치고 귀를 찢는 날카로운 바람 소리가 나무들 위로 지나갔다. 마을 사람들이 경악하며 일제히 일손을 멈췄고 한 노인이 휘청거리며 몸을 못 가누더니 급기야 무릎을 꿇고 땅바닥에 주저앉았다. 하늘에서 첫 번째 우박이 후드득 떨어졌고 들판 위로 쏴쏴 바람이 거세게 불었다. 여자들이 두 손으로 머리를 감싼 채 집으로 뛰어갔다.

우박이 회색 안개처럼 마을을 완전히 뒤덮었다. 굵은 우박덩 어리들이 짚으로 이은 지붕들 위로 타다닥 떨어졌고 탐욕스러 운 바람이 집들을 휘돌아 서며 덧문들을 거칠게 흔들었다. 미 처 잠그지 못한 가축우리의 문짝들이 계속 쿵쾅거리며 열렸다 닫혔다 했다. 먹구름 사이로 연이어 은빛 번개들이 번쩍거렸고 폭풍에 떨어진 나뭇잎들이 허공에서 나부끼다가 어지러운 곡 선을 그리면서 초원 위로 떨어졌다. 천둥이 이제 거의 마을 근 처에 다다랐고 지붕들 위로 뇌우가 쏟아졌다. 집 안에서는 아 이들이 비명을 지르면서 엄마한테 매달렸다. 구름은 뭐에 분노 했는지 거침없는 빗줄기를 지상으로 쏟아부었다.

그새 우박이 그치고 강력한 폭우가 쏟아졌다. 지붕 위로 타 다닥 떨어지던 우박 소리 대신 빗물이 부드럽게 쏴쏴 떨어지는 소리로 바뀌었다. 점차 바람이 잦아들더니 천둥소리도 다가올 때와 마찬가지로 급작스럽게 다시 숲으로 사라졌다. 빗물받이 통으로 물이 졸졸 흐르기 시작했다. 쏴쏴 빗줄기가 쏟아지는 소리에 청량한 음색이 더해졌다. 하늘을 뒤덮고 있던 시커먼 먹구름이 점차 흩어지기 시작했다. 산봉우리들 위로 갈색 구름 들이 지나가면서 잠시 비를 뿌렸지만 금세 위력을 잃어버렸다.

마을은 적막에 휩싸였다. 현관문들이 열리고 당혹스러움에 할 말을 잃은 얼굴들이 문지방 위로 슬금슬금 모습을 드러냈다. 지금까지는 창문을 가로막고 있는 덧문 때문에 바깥의 상황을 제대로 알 수 없었다. 그래서 이제야 절반쯤 몸이 굳은 상태로 최악의 상황을 예상하면서 주위를 둘러보았다. 마을이 흐릿한 빛 속에 놓여 있었다. 바람에 떨어진 나뭇잎들이 사방에 흩어져 있었다. 꿈속에서나 나올 법한 광경처럼 여러 계절이 뒤섞인 풍경이었다. 우박이 잔뜩 쌓인 곳은 물웅덩이로 바뀌어 있었고, 그 물 표면에 쉴 새 없이 지나가는 구름이 비쳤다.

마을 사람들이 들판으로 걸어갔다. 발을 내디딜 때마다 우박이 사각사각 부서지는 소리가 났다. 부서진 유리 파편들 위를 걷고 있는 기분이 들었다. 하늘에서 가느다란 보슬비가 내렸지만 그걸 의식하는 사람은 하나도 없었다. 아무 말 없이 걷던 사람들이 밀밭 가장자리에서 걸음을 멈췄다. 다들 하늘만큼이나 흐릿한 잿빛 얼굴을 하고서 허탈한 표정으로 폐허로 변해 버린 들판을 바라보았다. 들판은 허연 점액에 완전히 뒤덮여 있었고 군데군데 아무렇게나 파헤쳐져 있었다. 돌풍이 한바탕 휩쓸고 지나간 들판은 마치 천 개의 파도와 소용돌이가 휘몰아친 호수처럼 보였다. 가장 강력한 충격의 순간에 그대로 정지되어 버린 호수 말이다.

거미줄에 갇히다

원정대의 맨 앞자리는 이제 거의 라우크 차지였다. 그는 다른 사람들이 쉽게 쫓아갈 수 없을 만큼 빠른 속도로 성큼성큼 발을 내디뎠다. 표정에서 그 어떤 것도 배려하지 않는, 잔인할 만큼 결연한 의지가 엿보였다. 그중에서도 가장 배려를 적게 한 것이 바로 자기 자신이었다. 그는 앞쪽만 보며 오로지 걷는 데에만 집중했다. 다른 사람들은 전부 상의를 벗고 맨몸으로 걸어가는 동안 그는 단지 셔츠의 단추 두 개만 풀어 놓았다. 그런데도 상체를 다 드러낸 사람들보다 훨씬 더 상쾌해 보였다. 아무리 오래 행군해도 체력이 소모되지 않는 특이체질의 소유자임이 분명했다. 아니, 체력이 소모되기는커녕 오히려 행군을 오래 할수록 새로운 힘이 솟는 것 같았다. 안짱다리인데도 그의 걸음걸이에는 아무런 문제가 없었다. 오히려 그게 그의 걸음걸이에 약간의 힘과 활력을 불어넣는 것처럼 보였다.

농부들은 지금까지 라우크를 완전히 과소평가했다는 것을 인정하지 않을 수 없었다. 그는 단순히 머리만 좋은 게 아니고 그보다 훨씬 더 중요한 장점들을 지니고 있었다. 절반쯤은 거의 불구나 마찬가지인 그의 신체에는 날마다 새롭게 농부들을 놀라게 하는 엄청난 힘들이 숨겨져 있었다. 며칠째 계속되는 행군에 완전히 지친 농부들과는 달리 그는 여전히 몸이 쌩쌩했다. 그게 라우크를 더 수수께끼 같은 인물로 보이게 했다. 농부들은 라우크를 볼 때마다 왠지 마음이 혼란스러웠다. 하지만 라우크가 모든 면에서 가장 뛰어난 실력을 갖추고 있다는 사실이 존경심을 불러일으키는 것 또한 사실이었다. 원정대의 선두에 서서 걸어가는 라우크를 볼 때면 아무리 안 그러려고 해도 존경심이 점점 더 커지는 것을 막을 수가 없었다.

원정대 내에서 라우크의 비중이 커지는 것에 비례해 미하엘은 갈수록 평범하고 허약한 주변인물이 되어 버렸다. 이미 이틀 전부터 그는 말수가 확 줄어들었다. 평소처럼 열심히 수다를 떨지 않는 것은 물론이고 사람들의 주목을 끌 수 있는 기회가 오면 절대로 놓치는 법이 없던 사람이 모든 것에 완전히 의욕을 상실한 것처럼 보였다. 간간이 맨 앞으로 나가서 행군하기는 했지만 거들먹거리지 않고 어쩌다 보니 그렇게 됐다는 듯 아주 겸손하게 있다가 금세 다른 사람한테 그 자리를 내주었다.

그런 미하엘 모습을 보며 다른 사람들은 아주 고소해 했다. 안 그래도 행군이 길어질수록 심해지는 미하엘의 무례함이 짜증을 불러오고 있었기 때문이다. 하지만 한편으로는 그가 왜 그러는지 도무지 이유를 알 수 없었다. 혹시 너무 지쳐서 모든 의욕을 상실한 건가? 사실 행군 초기에 미하엘은 그 누구보다 열정적으로 모든 일에 앞장섰는데 이제는 행군에 완전히 싫증 난 사람처럼 보였다. 혹시 이 모험이 무서워지기 시작했나? 벌써 집을 떠나온 지 오래지만 언제쯤 목표를 이룰 수 있을지 기약할 수 없다는 사실이 공포심을 불러일으켰을지도 모른다.

늑대들이 끈질긴 인내심을 갖고 먹이를 뒤쫓는 사냥꾼들처럼 계속 원정대를 따라붙었다. 아침부터 늑대 울음소리가 숲속에 울려 퍼졌다. 지금 숲을 통과하고 있는 것이 농부들만은 아니라는 사실을 아주 고통스러운 방식으로 그들에게 각인시키려는 것처럼 느껴졌다. 마치 늑대들은 자신들이 잠시 모습을 드러냈다가 사라지리라는 유치한 환상에 절대 빠지지 말라고 농부들한테 경고하는 것처럼 보이기도 했다.

농부들은 이제 늑대 울음소리가 들려도 크게 인상을 찌푸리지 않았다. 물론 울음소리가 계속 신경을 거슬렀기 때문에 아무리 별일 없을 거라고 마음을 다독여 봐도 완전히 태평할 수는 없었다. 하지만 정말 심각하게 늑대를 두려워하고 있는 사람은 하나도 없었다. 단지 늑대 울음소리가 들릴 때마다 신경이 약간 날카로워졌을 뿐이다. 그럴 때면 짐짓 여유를 부리면서 어깨를 한 번 으쓱하며 불안감을 누그러뜨렸다. 농부들은 이 일을 행군 중에 한 번쯤은 겪고 지나가야 할 통과의례라고 생각했다. 그들은 속으로 늑대는 아주 조심스러운 동물이자 겁이 많은 동물이라는 말로 자신들의 마음을 진정시켰다. 늑대는 먹잇감이 자기보다 약할 때만 덤벼들어. 절대 저항하지 않을 것 같은 그런 먹잇감들 말이야. 지금 늑대들은 우리한테 겁을 집어먹고 있어!

숲이 연한 갈색빛에 감싸였다. 도무지 시간을 가늠할 수 없는 그런 빛이었다. 금세 하늘이 구름으로 뒤덮여 태양이 흐릿하게 비치는데도 열기가 점점 더 강해지더니 도저히 정상이라고 생각할 수 없을 정도로 기온이 올라갔다. 이러다 열사병으로 쓰러지는 거 아닌가 하는 생각을 하면서 이마와 관자놀이를 계속 손으로 문질렀고 마치 목에 모래주머니라도 걸고 있는 것처럼 고개를 푹 수그렸다.

마침내 어느 시냇가에 이르렀을 때 농부들이 신음을 토하면서 바닥에 드러누웠다. 그런 다음 뜨거운 열기에 달아오른 얼굴들을 물속에 처박고는 혓바닥을 날름거리면서 물을 마셨다. 이어서 기분 전환 삼아 아직까지 몸에 걸치고 있던 나머지 옷들마저 훌렁 벗어 버린 뒤 개울 속으로 풍덩 뛰어들었다. 사람들 입에서 투덜투덜 불평들이 터져 나왔다. 한참 뒤 식사 시간에도 다들 입맛이 없는지 음식을 조금씩밖에 안 먹었다.

금세 폭풍우가 밀려오기 시작했다. 우르르 쾅쾅 하는 소리가 들리더니 천둥 치는 간격이 좁혀지면서 천둥소리가 더 잦아졌다. 천둥소리 특유의 건조한 울림이 숲속을 가득 채웠고 구름들은 보라색으로 바뀌었다. 나지막한 짐승들 울음소리와 함께 어딘가로 잽싸게 움직이는 소리가 숲을 장악했다. 시커먼 하늘과 하나가 되어 버린 시커먼 나뭇가지들 사이로 돌풍이 마구 몰아쳤다. 농부들이 지게에서 담요를 꺼내 머리를 감쌌다. 나무들 위로 연달아 허연 번개가 번쩍거렸다. 바람이 활시위처럼 휘어지면서 나뭇가지들 사이로 휘몰아치자 나무들이 마구 흔들리면서 부러질 것처럼 삐거덕거렸다. 하지만 그 소리는 천둥소리에 묻혀 버렸다. 어디선가 쏴쏴 바람 부는 소리가 들려와 숲을 가득 채웠다. 우박들이 나뭇가지들 사이로 마구 쏟아졌다.

담요로 머리를 감싸고 있는 남자들과 고개를 숙이고 있는 사냥개들 위로 우박이 후드득 떨어졌다.

한참 뒤 우박이 비로 바뀌자 땅바닥 위로 서리가 베일처럼 퍼져 나갔다. 담요를 뒤집어쓴 남자들 모습이 꼭 눈 덮인 작은 언덕처럼 보였다. 폭우가 되어 쏟아지는 비의 무게에 짓눌린 나무들이 마치 매를 맞은 것처럼 나뭇가지를 지탱하지 못하고 아래로 축 늘어뜨렸다. 개울물은 어둠 속에서 콸콸거리면서 나뭇잎과 나뭇가지들을 계속 날랐다. 곳곳에서 흘러넘친 개울물이 우박이 뒤덮여 있는 땅바닥 위로 꼬불꼬불 미로처럼 흘러갔다.

농부들은 차례로 몸을 일으킨 뒤 마치 마비에서 풀린 사람들처럼 엉거주춤한 자세로 서서 폐허가 되다시피 한 숲을 응시했다. 그런 다음 우박 세례를 받아 삼사 년쯤 나이를 더 먹은 것처럼 굼뜨고 어설픈 동작으로 몸에 뒤집어쓴 서리를 털어 냈다. 누군가 주춤거리며 하얀 우박이 뒤덮여 있는 담요 위로 몇 발자국 걸어갔다. 얼음이 자기 몸무게를 지탱할 수 있을지 없을지 몰라 불안해 하며 살얼음이 언 연못을 건너가는 사람처럼 동작이 매우 조심스러웠다. 아까까지만 해도 열사병을 걱정할 만큼 뜨거웠던 열기는 폭풍우로 인해 온데간데없이 사라지고 공기가 매우 차가워졌다. 웃통을 벗고 있던 남자들이 어깨를 움츠리고 등을 숙인 채 비를 맞고 있었다.

문득 불길한 생각이 남자들의 머리를 스쳤다. 태어나서 이런 폭풍우는 단 한 번도 겪어 본 적이 없어. 이 폭풍우는 사전에 아무런 조짐도 없다가 느닷없이 나타났어. 만약 지금 이것과 똑같은 폭풍우가 마을을 덮쳤으면 어떻게 되는 거지? 혹시 우리 마을과 들판도 여기처럼 완전히 폐허로 변한 게 아닐까? 하지만 정확한 사실은 알 길이 없었다. 그렇게 됐을 가능성은 생각하고 싶지도 않았다. 숲은 크기를 짐작할 수 없을 만큼 크고, 그들은 지난 며칠 동안 쉬지 않고 계속 걸어왔으니 마을은 아마 여기서 아주 멀리 떨어진 곳에 있을 것이다. 그러니 어쩌면 폭풍우가 그곳까지는 영향을 미치지 않았을 수도 있다.

농부들은 너무 흥분한 나머지 생각을 끝까지 이어 갈 수 없었다. 한시바삐 이곳에서 벗어나고 싶은 마음뿐이었다. 한기와 두려움에 뻣뻣해질 대로 뻣뻣해진 몸을 풀기 위해 빨리 몸을 움직여야 했다. 사냥개들이 으르렁거리면서 허옇게 서리가 뒤덮인 관목들 사이로 비틀비틀 걸어갔다. 폭풍우에서 살아남은 게 다행이라는 듯 가끔씩 걸음을 멈추고 목욕을 끝냈을 때처럼 머리에서 꼬리까지 온몸을 흔들며 물기를 털어 냈다. 지금까지 단 한 번도 속마음을 표정에 드러내지 않았던 라우크가 식사가 끝나자 창백한 얼굴로 서둘러 아직 널려 있던 그릇들을 모왔다. 하늘을 뒤덮은 먹구름이 약간 흩어졌고 사람들의 기운을 약간 북돋으려는 듯 뜻밖에도 구름 사이로 연청색 하늘이 얼핏얼핏 보였다.

라우크를 따라 농부들도 전부 바닥에 두껍게 펼쳐져 있던 옷들을 집어 들고 다시 행군할 채비를 했다. 뭔가 불길하고 섬뜩한 일이 벌어졌다는 것을 다들 느끼고 있으면서도 마치 아무 일도 없었다는 듯이 평소와 똑같이 행동했다. 발밑이 마구 흔들리는 순간에 그들은 바보처럼 평상시 하던 일에 매달려 공포를 잊으려 했다.

원정대는 서둘러 다시 길을 떠났다. 라우크가 선두에 서서 뿔피리로 귀에 익은 노래들을 들려주었다. 엄청나게 쏟아진 우박 때문에 길이 전부 흙과 나뭇잎이 마구 뒤섞인 질척거리는 진흙탕으로 변하는 바람에 걸어가는 게 몹시 힘들었다. 자칫 발을 헛디뎌 미끄러지지 않도록 나뭇가지나 덤불 같은 것을 붙잡았다. 눈으로는 계속 밧줄을 뒤쫓았다. 부드러운 곡선을 그리며 이어지던 밧줄이 가끔 우박에 덮여 시야에서 사라졌다가 다시 나무 기둥들 사이로 모습을 드러내면서 계속 이어졌다.

평온한 밤이 찾아왔다. 먹구름은 벌써 오래전에 사라졌고 시커먼 나무우듬지들 사이로 별이 희미하게 반짝거렸다. 낮에는 나무에 빨간 딸기들이 다닥다닥 붙어 있더니 밤이 되자 나뭇가지에 별이 다닥다닥 붙어 있는 것처럼 보였다. 농부들은 담요를 쫙 펼쳐서 여러 겹 겹친 다음 모닥불에 말렸다. 그렇게라도 해야 얼어 죽지 않을 것 같았다. 보초도 세웠는데, 그 사람이 활과 곤봉으로 무장을 하고 순찰을 돌았다. 그들의 숙영지에서 그리 멀지 않은 곳에 물푸레나무 한 그루가 쓰러져 있었다. 나무뿌리가 땅 위로 뽑혀졌는데 그 모습이 마치 경련으로 뒤틀려 버린 팔다리처럼 보였다.

농부들은 잠자리에 누워 꼼짝도 않고 잠을 청했지만 마을 생각이 머리에서 영 떠나지 않았다. 아무래도 잠이 쉽사리 올 것 같지 않았다. 며칠 전부터 그들은 이번 원정이 몹시 주제넘은 짓이었다고 느꼈다. 불확실한 것에 운명을 걸고 길을 떠난 것은 철없는 짓이었다. 멍청하고 위험한 게임에 목숨을 건 셈이었다. 타당한 근거도 없이 결과가 좋을 거라고 지레짐작하고서 규칙을 제대로 알지도 못하는 게임에 뛰어든 것이다. 이제 그들은 이 게임에서 자신들이 졌다는 사실을 처절하게 깨달았다. 오만함이 제대로 뒤통수를 맞은 것이다. 그 책임은 오롯이 그들 자신에게 있었다. 어디선가 구원의 손길이 나타나지 않으면 그들은 그 대가를 제대로 치러야 했다.

그런데도 그들은 마을로 돌아갈 수 없었다. 이런 일까지 겪은 마당에 빈손으로 돌아간다는 것은 있을 수 없는 일이었다. 따라서 끝까지 가 보는 것 말고는 다른 대안이 없었다. 밧줄은 그들의 의지보다 더 강력한 힘으로 그들을 사로잡았고, 그들은 끈적거리는 거미줄에 걸린 벌레처럼 밧줄에 매달릴 수밖에 없었다. 거미줄에서 빠져나갈 가능성은 전혀 없었다. 내일 새벽 별이 지면 그들은 담요를 걷고 다시 숲을 관통하는 행군을 계속할 것이다. 만약 지금이 원정 초기였다면 더 나은 통찰의 목소리를 따라 귀환할 수도 있었을 것이다. 하지만 지금은 그럴 만한 힘이 남아 있지 않았다. 원정 초기에는 모든 결정을 그들 스스로 내릴 수 있었지만 지금 그들은 이해할 수 없는 어떤 힘에 그냥 속수무책으로 끌려가고 있었다.

설령 아직까지 그들이 자유롭게 선택할 수 있는 입장이라 해도 결과는 마찬가지였다. 폭풍우가 이미 마을을 휩쓸고 지나가며 모든 것을 폐허로 만들어 버렸을 텐데 이제 와서 집으로 돌아간들 무슨 도움이 되겠는가. 그들은 아내와 아이들한테 아무 도움도 줄 수 없을 것이다. 돌아갈 수 있는 좋은 타이밍을 이미 오래전에 놓쳐 버렸다. 만약 이번 폭풍우에 추수할 곡식들을 전부 잃어버렸다면, 즉 우박에 이삭들이 전부 떨어지고 열매나 낟알들이 전부 터지고 부서졌다면 세상 그 어떤 힘으로도 그걸 돌이킬 수는 없었다. 남자들이 다시 마을로 돌아간다고 해서 이삭들을 다시 일으켜 세울 수는 없었다. 그건 절대 불가능한 일이었다. 한마디로 말해서 그들이 원정을 계속하느냐 마느냐 하는 것은 그 문제와 전혀 별개였다. 이제 그들한테는 더는 잃어버릴 게 없었다. 따라서 그들의 발걸음을 되돌릴 수 있는 것역시 전혀 없었다.

3부

삶의 지속성에 대한
아름다운 망상

　여자들은 무표정한 얼굴로 언젠가는 남자들이 반드시 돌아올 거라는 희망에 집요하게 매달렸다. 폭풍우가 휩쓸고 지나간 뒤 마을에는 온전하게 남아 있는 게 별로 없었다. 그런데 몇 안 되는, 온전하게 남아 있는 것들 중 하나가 바로 이 희망이었다. 비록 눈곱만 한 희망이었지만 여자들은 그것마저 잃게 될까 봐 전전긍긍했다. 물론 자신들의 집착이 너무 과하다는 것은 잘 알고 있었지만 그거라도 붙잡고 있어야 마음이 진정되고 일의 갈피를 잡을 수 있는 걸 어찌하겠는가. 하지만 시간이 흐를수록 단단한 믿음에 자꾸 금이 갔고 마음속에서는 공허함과 한기만 커졌다.

그런데도 여자들은 늘 하던 대로 아이들을 보살피고 집안일을 하고 우리에 있는 가축들을 돌봤다. 크나큰 재앙이 닥쳤다고 해서 자신들 어깨에 지워진 임무를 나 몰라라 할 수는 없었기 때문이다. 그러고는 가끔씩 들판에 나가 새들이 종종걸음으로 걸어 다니면서 누렇고 허옇게 변색된 낟알들을 쪼아 먹는 모습을 쳐다보았다. 여기 마음대로 가져갈 수 있는 아주 좋은 먹이가 있다는 소문이 온 숲에 퍼졌는지 썩어 가는 이삭들에 유혹을 느낀 벌레들이 사방팔방에서 모여들었다. 저녁이 되면 여자들은 불안한 마음으로 잠자리에 들었다. 하지만 쉽게 잠을 못 이룬 채 계속 엎치락뒤치락하면서 제발 무서운 생각에 빠지지 않게 해 달라고 기도했다. 설사 운 좋게 잠이 들어도 또 밤새도록 악몽에 시달렸다.

아그네스는 이제 거의 집 밖으로 안 나가고 대부분의 시간을 달팽이집처럼 그녀를 보호하고 있는 집 안에만 틀어박혀 있었다. 낮부터 벌써 몸이 축 늘어졌고 아무런 의욕도 안 생겨 그냥 멍하니 앉아 벽만 바라보았다. 그런데 그것조차도 어찌나 힘에 부치는지 기운을 차릴 수가 없었다.

그러다 해가 지고 창밖에 어둠이 깔리기 시작하면 아그네스는 딸아이를 품에 안고 마을을 한 바퀴 돌았다. 아침에 눈을 뜬 이후 그때야 처음으로 기분이 좀 나아졌다. 또 하루를 무사히 넘겼고 아직 내일이 되려면 한참 멀었다는 안도감에 마음이 한결 편안해진 것이다. 지금 자기 주위에서 무슨 일이 일어나고 있는지 전혀 모르는 엘리자베트는 세상에서 제일 순진무구한 얼굴로 엄마한테 미소를 지으면서 손가락으로 꼬물꼬물 엄마의 턱과 블라우스 단추를 만지작거렸다.

요즘도 아그네스는 집에 있을 때면 베른하르트의 손길이 닿았던 물건들을 쳐다보곤 했다. 그런데 예전에는 그토록 친숙하고 반짝반짝 빛이 나던 물건들이 전부 색이 바라고 진부하게 보이기 시작하면서 점차 베른하르트와는 아무 상관없는 그저 그런 일상용품들이 되어 버렸다. 물론 아직까지는 보고 있으면 베른하르트의 추억들을 이야기해 주었다. 하지만 점차 그 목소리가 작아져서 갈수록 알아듣기가 힘들어졌다. 여전히 창문턱 위에 놓여 있는 담배 파이프만 해도, 거기 배어 있는 남편의 체취는 약해지는 반면 구역질을 유발하는 역한 냄새는 점차 강해졌다.

돌이켜 보면 그녀는 지금까지 질서정연하고 단순하고 안전한 길을 걸어왔다. 하루하루가 늘 확실하고 쾌적하고 여유로웠으며, 그 행복이 절대 깨어지지 않으리라는 확고한 믿음이 있었다. 그녀 삶의 주 무대는 마을과 들판이었고 그 두 영역을 빼면 거의 언급할 만한 게 없었다. 집은 마치 성처럼 그녀를 안전하게 보호해 주었고 그 어떤 적도 그녀를 그 성에서 쫓아낼 수 없었다. 그녀는 미래에 대해서는 거의 생각하지 않았다. 딱 한 번 미래를 그려 본 적이 있었는데, 지나온 날들이 그랬던 것처럼 앞으로의 나날도 늘 즐겁고 행복하리라고 확신했다.

그게 얼마나 큰 착각이었는지! 초원에 밧줄이 놓여 있던 그날 이후로 그녀의 삶에는 균열이 생겼다. 그녀가 소유하고 있던 것들 중에서 아직까지 온전히 남아 것은 하나도 없었다. 설사 마을에 지진이 일어났다 해도 이보다 더 끔찍하지는 않았을 것이다. 이제 삶은 그 어떤 것도 지속성을 보장해 주지 않았다. 기억은 점차 흐릿해지다가 연기처럼 사라져 갔다. 예전에는 자신의 삶이 혼돈에 빠질 거라고는 상상도 하지 못했다. 하지만 지금은 거꾸로 자신의 삶에 다시 질서가 찾아오는 날이 과연 있을까 하는 의문이 마음을 온통 사로잡았다.

울리의 상태는 나날이 더 호전되었다. 열은 거의 다 떨어졌고 아그네스가 가장 많이 걱정했던 다리의 부기도 서서히 가라앉는 중이었다. 이제 건강한 사람과 다를 바가 없을 정도로 식욕을 되찾은 울리를 위해 아그네스는 세 끼 모두 풍성한 식탁을 차려 주었고, 그는 늘 쩝쩝거리면서 게걸스럽게 음식을 먹어 치웠다. 어느 날 아그네스가 잠시 밖에 나갔다 돌아와 보니 울리가 침대에 똑바른 자세로 앉아 있었다. 너무 하고 싶었으나 그동안 감시의 눈이 무서워서 하지 못했던 일을 하는 데 성공한 악동처럼 입꼬리를 말아 올린 채 눈을 반짝거렸다.

"아그네스, 왜 이제야 왔어요?" 그가 아그네스에게 큰 소리로 말했다. "나 좀 도와주면 고맙겠어요. 창가로 걸어가고 싶어요. 자, 이쪽으로 와서 날 좀 부축해 줘요!"

"맙소사, 대체 지금 무슨 짓을 하는 거예요?"

그녀가 성큼성큼 침대로 다가가 지난 며칠 동안 병구완을 하면서 획득한 엄마의 자격으로 당당하게 베개로 그의 몸을 지그시 눌러 다시 눕혔다. 하지만 울리는 거의 장난치듯이 그녀에게 저항했다.

"제발 이러지 말아요! 뭐가 어떻다고 그래요? 이제 앉아 있어도 된단 말이에요!"

그는 팔꿈치를 침대에 대고 버티면서 다시 몸을 일으키려 했다. 하지만 그가 일어나지 못하도록 아그네스는 자신의 상체에 몸무게를 전부 실어 그를 내리눌렀다. 그다음 시트를 매만져 주자 울리가 뻔뻔한 태도로 말했다.

"좋아요. 내 말 잘 들어요. 오늘은 그냥 침대에 머물러 있을게요. 내 몸을 위해서. 하지만 내일은 반드시 나를 창가에 있는 의자에 앉혀 줘야 돼요. 최소한 15분 정도라도. 알았어요? 계속 이렇게 누워 있을 수만은 없어요. 당신은 어떻게 생각해요?"

그때부터 울리는 몇 시간 동안이나 그 문제로 그녀를 졸랐다. 그는 같은 말을 하고 또 하면서 집요하게 괴롭혔다. 아그네스는 더는 그의 투정을 견딜 수 없어 옆방으로 피신했지만 간간이 "지루해 죽겠어." "당신은 어떻게 생각하지?" 같은 말이 바람에 실려 왔다. 저녁때쯤 아그네스는 결국 그에게 굴복해 침대에서 일어나는 것을 막지 않겠다고 선언했다. 울리는 득의만만한 표정으로 비열하게 입꼬리를 말아 올렸고 방을 가로질러 그녀에게 손 키스를 보냈다.

다음 날 아침부터 울리는 호기를 부리며 시도 때도 없이 침대를 벗어났다. 아그네스가 허락할 때마다 창가에 놓인 베른하르트의 삼발이의자에 앉아 창밖을 내다보았다. 농가 서너 채와 초원 일부밖에 안 보이는데도 뭐가 그리 좋은지 연신 싱글벙글했다. 집에 혼자 남겨졌을 때는 노인처럼 부상당한 한쪽 다리를 질질 끌면서 집 안을 구석구석 둘러보았는데 그럴 때마다 입에서 절로 신음 소리가 터져 나왔다. 하지만 점차 상태가 나아지더니 다른 사람의 보살핌이 필요 없을 정도가 됐다. 이내 혼자 걸을 수 있게 된 울리는 아그네스의 부축을 받으며 집 밖으로 나와서는 햇볕을 쬐고 산책도 했다. 집 앞을 지나가던 마을 사람이 부상에서 회복된 그를 보고 몹시 반가워했다.

마을을 짓누르고 있는 슬픔이 그의 마음에까지는 영향을 미치지 못했다. 물론 상당히 조심스러운 태도로 비탄에 빠진 마을 사람들을 대하면서 적당한 정도의 당혹감과 공감을 표시했지만 태도에서 뭔가 장난스럽고 가짜 같은 기색이 엿보였다. 그의 표정을 한 번만이라도 제대로 살펴보았다면 공감을 표시하는 얼굴은 단지 가면에 불과하다는 것을 쉽게 알아차렸을 것이다. 가면 뒤에는 완전히 다른 얼굴이 숨겨져 있었다. 그건 울타리에 매어 두기 힘든, 젊음과 활력이 넘치는 삶에 대한 강렬한 의지였다. 죽음의 문턱까지 갔다가 살아 돌아왔다는 사실에 울리는 병적인 쾌감을 느끼고 있었다.

울리는 이내 혼자서도 마을을 돌아다닐 수 있을 만큼 기력을 회복했다. 비록 절뚝거리기는 했지만 그는 넘치는 에너지를 주체 못해 어느 노인이 빌려 준 지팡이를 짚고서 몇 시간씩 신선한 공기를 쐬며 마을을 돌아다녔다. 울리가 너무 오래 밖에서 머문다 싶으면 번번이 아그네스가 마치 아들을 찾는 엄마처럼 빨리 집으로 돌아오라고 소리쳤다.

울리는 산책을 할 때마다 늘 미하엘의 집 앞을 지나갔다. 그리고 창문 앞에 서서 지팡이 손잡이로 창문을 두드린 뒤 미소를 지으면서 안나에게 손을 흔들었다. 그럼 안나가 현관문을 열고 밖으로 나왔고, 두 사람은 잠시 집 앞에 놓인 벤치에 앉아 햇볕을 쬐었다. 이 마을에서 가장 경치가 아름다운 곳이었다. 미하엘은 원정을 떠나기 며칠 전 그 벤치에 빨간색 페인트를 칠했다. 벤치 양쪽에서 올라와 아치형으로 연결된 격자울타리에는 포도나무 넝쿨이 무성하게 뻗어 있어 마치 두 사람이 머리 위에 초록색 지붕을 이고 있는 모양새가 됐다. 울리는 자신의 하늘색 조끼를 입고 베른하르트의 챙 넓은 모자를 쓰고 있었다. 위로 두 팔을 쭉 뻗은 다음 온갖 이야기를 늘어놓기 시작했다.

"오늘은 벌써 들판을 세 바퀴나 돌았어! 아주 쉽게! 그런데도 기운이 펄펄 남아서 한 바퀴 더 돌고 싶은 마음이 들지 뭐야. 하지만…… 그럴 수가 없었어. 그래 맞아, 아그네스가 현관문 앞에 나와서 손가락으로 빨리 들어오라고 어찌나 신호를 보내던지 버틸 수가 있어야지. 늙은 암탉 같으니라고! 그 여자는 아침부터 저녁까지 마치 엄마라도 된 것처럼 나를 끼고 있으려고 해. 딸아이인 엘리자베트하고 똑같이……. 그런데 그 어린 꼬맹이가 자꾸 내 신경을 거슬러. 그 아인 괴물이야! 빽빽 울어댈 때면 정말 귀를 틀어막고 싶다니까! 이러다가 언젠가는 화를 참지 못하고 그 애의 목을 조르게 될지도 몰라. 이건 진심이야!"

안나는 한마디 대꾸도 없이 믿을 수 없을 만큼 파란 눈으로 허공만 응시했다. 눈 밑이 멍든 것처럼 시퍼렇고 푹 꺼져 있었다. 핏기 하나 없이 창백한 얼굴이 미하엘 걱정으로 밤새 한숨도 못 잤다는 것을 증명해 주었다. 마을의 최고 미인으로서 그녀의 주가를 드높이는 데 일조했던 탐스러운 갈색 머리는 얼마나 오래 안 감았는지 떡이 져 엉클어져 있었다. 그녀는 모든 재앙이 비껴간 운 좋은 사람이 옆에 앉아 있다는 사실이 은혜로 느껴졌다. 고맙게도 울리 덕분에 잠시나마 우울한 생각들을 떨쳐 버릴 수 있었다. 그녀는 간간이 언제 빨았는지 모를 정도로 땟국이 흐르는 블라우스를 만지작거리거나 엉클어진 머리카락을 손가락으로 쓸어내렸다.

남자들이 원정을 떠난 지 3주가 지났을 때 여자들은 마을을 떠나기로 결정했다. 가을이 시작되어 아침이면 초원에 거미줄이 뒤덮였고 지붕에는 폭풍우 때 떨어지지 않고 남아 있던 나뭇잎들이 떨어져 수북했다. 비축된 식량이 줄어들어 이제 바닥까지 얼마 남지 않았다. 남자들이 돌아오리라는 실낱같은 희망에 매달리느라 그동안 다른 곳에 신경 쓸 여력이 없었던 여자들의 옷차림과 몰골은 봐 주기 힘들 정도로 초라해졌다. 이제 그들은 인근에 있는 마을을 찾아가 제발 그들을 받아 달라고 사정하는 것 말고는 방법이 없었다.

　다음 날 그들은 각자 집에서 꼭 필요한 물건과 절대 버릴 수 없는 소중한 물건들만 추려서 간단하게 짐을 꾸렸다. 그동안 그들을 무겁게 짓누르고 있던 마비가 서서히 풀리는 것 같았다. 짐을 싸느라 분주히 움직이다 보니 좋았던 시절의 기억이 떠오르면서 활기가 되살아난 것이다. 막상 마을을 버리고 떠나기로 결심하니 오히려 새로운 힘이 솟았다. 다들 자신의 집을 흠 없이 완벽한 상태로 되살리는 일에 필사적으로 매달렸다. 테이블을 깨끗이 닦고 옷장문과 서랍들마다 자물쇠를 채우고 사소한 물건 하나도 바닥에 그냥 남겨 놓지 않도록 신경 썼다. 대체 그게 무슨 의미가 있을까 하는 것은 생각하지 않았다. 그런 식으로라도 작별의 고통을 잊을 수 있다면 그것으로 충분했다.

　드디어 마을을 떠나는 날, 다들 꼭두새벽부터 일어나 수레 세 대에 황소를 묶었다. 여자들은 바구니와 자루에 담은 살림살이를 수레에 실은 후 몰고 가야 할 염소와 송아지들을 우리 밖으로 내몰았다. 요한네스가 집집마다 돌아다니면서 출발 준비가 제대로 되고 있는지 확인한 뒤 흥분한 목소리로 뭔가를 빠뜨리거나 잊지 말라는 주의를 주었다.

　마을을 떠나는 행렬이 움직이기 시작했다. 여자들은 아기를 포대기에 감싸서 품에 안았다. 어느 정도 큰 아이들은 말해 주지 않아도 눈치껏 돌아가는 상황을 파악하고 자발적으로 가축을 몰고 갔다. 아직 발이 완전히 낫지 않은 울리는 짐을 잔뜩 실은 어느 마차 꼭대기에 올라앉아 있었다. 다른 사람들보다 시간이 좀 더 걸리기는 했지만 자기 짐은 혼자 힘으로 수레에 실었고 청소와 짐 싸는 일은 안나가 도와주었다.

충실한 동반자

농부들은 오래 행군해 피로가 누적된 데다가 피부가 쓸려 벗겨질 만큼 무거운 지게를 메고 가느라 이른 아침부터 숨을 헉헉댔다. 다들 누군가의 도움을 갈구하는 눈빛이었다. 오죽하면 잠시 행군을 멈추고 휴식을 취할 때조차 그 눈빛은 사라지지 않았다. 또 너무 지쳐서 머릿속으로 아무 생각도 할 수 없었다. 농부들의 머릿속에는 공허함만이 가득했다. 지게에서 불필요하고 무거운 짐들을 빼 버린 것처럼 머릿속의 생각들 역시 오던 길에 남겨 놓은 지 오래였다.

몸에서는 코를 찌르는 악취가 났다. 땀 냄새를 비롯해 온갖 냄새가 뒤섞인 악취였다. 이미 오래전부터 그 냄새에 익숙해졌기에 망정이지 안 그랬으면 행군이 지금보다 훨씬 더 힘들어졌을 것이다. 또 얼굴은 굵은 수염들로 덥수룩하게 뒤덮여 있었다. 흙덩어리나 작은 나뭇잎들이 수염 사이에 걸려 있기도 했다. 머리카락은 엉클어질 대로 엉클어져 이마 위로 마구 흘러내렸다. 버려진 마을에서 물건들을 챙겨 나올 때 아무도 빗을 가져올 생각을 못한 탓이었다.

게다가 그들은 아직 늑대를 완전히 퇴치하지 못했다. 마치 뭔가에 홀린 것처럼 밧줄을 따라가는 그들처럼 늑대들 역시 마치 최면에 걸린 것처럼 집요하게 그들을 뒤쫓아 왔다. 늑대 울음소리는 일정한 거리를 유지하면서 계속 들려왔다. 거리가 더 좁혀지는 일은 절대 없었다. 원정대가 휴식을 취하고 있으면 늑대들 역시 추적을 잠시 멈췄다가 남자들이 기운을 차려 다시 행군을 시작하면 늑대들도 그제야 다시 따라오기 시작했다.

오전 늦게 눈앞에 오르막길이 나타났다. 처음에는 경사가 완만했는데 어느 순간부터 갑자기 눈에 띄게 가팔라졌다. 밧줄은 길게 늘어진 형태로 계속 언덕 위로 이어졌다. 나무들 간격이 점점 멀어져 띄엄띄엄 한 그루씩 보였다. 언덕 꼭대기에 이르니 그곳에는 키 작은 덤불들만 자라고 있었다. 그런데 햇볕이 너무 강렬하게 내리쬐는 통에 다들 두 손으로 눈을 가렸다. 계속 나무 그늘 속에서만 걷다 갑자기 나무가 하나도 없는 곳에 올라서니 마치 어두운 갱도 속에 있다가 느닷없이 밖으로 나온 것처럼 햇볕에 눈이 부셨기 때문이다. 농부들은 사방에 널려 있는 돌에 흩어져 앉아 먼 곳을 바라보았다.

주위를 둘러보니 지금 그들이 있는 곳은 어느 평평한 산의 후면이었는데, 초록색 능선이 오르락내리락하면서 쭉 이어졌다. 녹음이 주변 지형과 잘 어우러지면서 색깔이 짙어졌다 옅어졌다 다양하게 변주되었다. 지평선에서는 녹음이 연기처럼 회색으로 융해되었고, 숲에서는 흐릿하고 연한 하늘색과 뒤섞여 원래의 자기 빛깔을 잃어버렸다. 사방 어디를 둘러봐도 마을은 안 보였다. 당연히 굴뚝에서 새하얀 연기가 하늘로 피어오르는 것 같은 아름다운 풍경은 기대할 수 없었다. 먼 하늘에서 수리 한 마리가 마치 물속에서 물고기가 헤엄치듯 공중을 선회하면서 계속 오르락내리락했다. 먹잇감을 노리는 것 같지는 않고 전혀 힘들이지 않고 허공을 날아다니는 것을 보면 그저 비행을 즐기고 있는 것처럼 보였다. 만약 뭔가를 노리고 있는 거라면 저토록 크게 원을 그리면서 돌지는 않았을 것이다.

농부들은 아무 말이 없었다. 오랫동안 나무에 가로막혀 볼 수 없었던 탁 트인 하늘을 보자 한편으로는 기분이 좋으면서도 한편으로는 이게 진짜 현실이 맞나 싶은 의문에 사로잡혔다. 또한 기껏 이렇게 황량한 곳에 도달하려고 지난 며칠 동안 죽기 살기로 행군했나 싶은 허무감에 가슴 한편이 답답해졌다. 대체 뭘 위해서 우리는 이렇게 멀고 위험한 곳까지 원정을 온 것일까, 우리 마을은 대체 어디쯤 있을까 하는 생각에 다들 약간의 현기증을 느꼈다. 만약 밧줄이 길을 알려 주지 않았더라면 그들은 벌써 오래전에 길을 잃고 헤맸을 것이다. 이 머나먼 곳까지 길을 잃지 않고 올 수 있었던 것은 전적으로 밧줄 덕분이었다. 밧줄은 그들이 믿고 의지할 수 있는 충실한 동반자가 되어 계속 그들 곁에서 그들의 손을 잡아 주었다. 만약 밧줄이 없었더라면 그들은 벌써 절망에 빠져 허우적거리고 있었을 것이다.

그 사건이 일어난 건 오후였다. 어느 개울에 이르렀을 때 농부들은 목도 축이고 피로도 풀 겸 잠시 행군을 멈췄다. 최근 들어 늘 그랬듯이 미하엘은 사람들로부터 약간 떨어진 곳에 혼자 자리 잡았다. 그는 어떤 표석(標石) 옆에 다리를 쭉 뻗고 앉았다. 그리고 아무 생각 없이 무의식적으로 손바닥으로 바닥을 쓸면서 잡초 몇 개를 뽑아낸 다음 손가락으로 표석 밑을 더듬었다. 다음 순간 그가 경악한 표정으로 비명을 내지르면서 손을 허공으로 휘둘렀다. 뱀에 손을 물린 것이다! 그는 자리에서 벌떡 일어나 몇 번 원을 그리며 껑충껑충 뛰다가 비명 소리에 화들짝 놀라 휘둥그레진 눈으로 자신을 바라보는 다른 사람들 사이를 미친 듯이 지나서 개울을 건넜다. 그런 다음에도 계속 덤불숲으로 뛰어 들어갔고, 또 한참을 그렇게 달리다가 일순간 무언가에 부딪혀 바닥에 넘어지고 말았다.

넋을 잃고 쳐다보던 일행 중에 라우크가 맨 먼저 정신을 차리고 미하엘을 뒤쫓아 갔고 농부 두 명이 그 뒤를 따랐다. 그들은 덤불숲 속에서 절반쯤 정신을 잃고 처참한 모습으로 몸을 웅크리고 있는 미하엘을 발견했다. 얼굴에서 피가 줄줄 흘러내렸다. 자세히 살펴보니 이마가 크게 찢겨 있었다. 정신없이 마구 뛰어가다가 나무에 쾅 부딪힌 것이다. 라우크가 무릎을 꿇고 앉아서 그의 손을 집어든 후 암적색 점이 생긴 곳을 깨끗이 닦고 입으로 피를 빨아냈다. 그다음 손수건을 꺼내 미하엘 이마에 생긴 상처를 닦아 냈다. 그런데 이마를 살짝 건드리기만 해도 미하엘이 몸을 뒤틀면서 고개를 가로젓고 큰 소리로 신음을 토하는 바람에 몹시 애를 먹었다. 마침내 세 사람이 미하엘을 부축해 농부들이 쉬고 있는 곳으로 데려왔다.

그곳에서는 벌써 라이문트가 표석을 살펴보고 있었다. 그는 두 팔로 표석을 얼싸안고 진땀을 뻘뻘 흘리면서 넘어뜨리려 안간힘을 썼다. 마치 극심한 통증에 시달리는 사람처럼 그의 눈꺼풀이 파르르 떨렸고, 이를 뿌드득뿌드득 가는 소리가 들렸으며, 숨넘어가기 직전의 사람처럼 헉헉대는 소리도 들렸다. 다음 순간 끙 하는 신음 소리와 마침내 표석이 그의 힘에 굴복해 옆으로 쓰러졌고, 어린 개암나무를 깔고서 아래쪽으로 굴러 내려갔다.

대낮의 쨍쨍한 햇볕 아래 퍽퍽하고 메마른 땅바닥이 모습을 드러냈고, 거기에 뱀 한 마리가 똬리를 틀고 있었다. 뱀이 우아한 삼각형 머리를 허공으로 들어 올리면서 혀를 날름거렸다. 초록색과 갈색의 줄무늬가 있는 뱀의 등이 흙색과 묘한 대조를 이루면서 사람들의 시선을 끌었다.

라이문트가 바닥에 놓여 있던 지팡이를 집어 들었다. 비릿한 웃음을 지으면서 손바닥 안에서 지팡이를 빙빙 돌리다가 기합과 함께 있는 힘껏 내리치자 뱀은 그 자리에서 죽어 버렸다. "와우, 내가 단번에 해치웠어." 라이문트가 호기롭게 소리치며 팔을 쭉 뻗어 뱀 꼬리를 들어 올렸다.

농부들이 호기심 어린 표정으로 주춤주춤 다가와 죽은 뱀을 쳐다보았다. 뱀은 죽었는데도 아직 기계적으로 몸을 꿈틀거렸다. 고향 마을에서는 한 번도 본 적이 없는 종류의 뱀이었다. 등에 있는 줄무늬는 단순히 우아한 아름다움만 과시하는 게 아니라 마치 비밀문자로 쓰인 일종의 암호처럼 보였다. 비록 그 뜻을 정확히 해독할 수는 없었지만 농부들은 왠지 미하엘의 운명에 불길한 조짐이 드리워진 것 같은 기분이 들었다.

한 남자가 세 손가락으로 수염을 긁으면서 말했다.

"아무래도 이건 살무사 같네."

다른 사람들이 그 남자를 경멸하듯 쳐다보았다. 다들 입을 비죽거리는 걸 보니 별로 그의 말에 대꾸할 필요성을 못 느끼는 게 분명했다. 그는 너무 강렬한 인상을 주는 뱀을 보고 그냥 입을 다물고 있을 수만은 없어서 굳이 할 필요가 없는 말을 내뱉은 것이었다.

라이문트가 죽은 뱀을 관목숲으로 휙 던져 버렸다. 아까부터 침을 질질 흘리고 으르렁거리면서 달려갈 준비를 하고 있던 토르와 헤처가 먹이를 향해 송곳니를 번쩍거리면서 뛰어갔다.

그로부터 한 시간이 지났는데도 남자들은 당혹감과 무력감에서 헤어나지 못하고 그냥 하릴없이 낙엽 위에 주저앉아 있었다. 이 새롭게 직면한 사태를 어떻게 해결해야 할지 아무도 입을 열지 못했다. 농부 서너 명은 시냇가에 웅크리고 앉아 더러워진 옷을 빨거나 온갖 곳을 지나오느라 시커멓게 때가 낀 발을 씻었다. 한쪽에서는 세 남자가 부끄러운 줄도 모르고 주사위놀이를 시작했다. 물론 눈도 제대로 못 뜨고 숨을 헉헉대며 누워 있는 미하엘을 생각해 그에게서 약간 떨어진 덤불 뒤쪽에 숨어 최대한 소리가 나지 않도록 매우 조심했다.

마침내 라우크가 새로운 제안을 내놓았다.

"여러분, 내 말을 좀 들어 보시오! 이제 움직여야 할 때가 되었소. 시간이 계속 흘러가는데, 이렇게 넋 놓고 앉아 있을 수만은 없소. 일단 미하엘을 운반할 들것을 만들도록 합시다. 그가 혼자 힘으로 걸어갈 수 없다면 우리가 그를 날라야 하오. 지금 우리한테는 그 방법밖에 없소."

늘 그랬듯이 여기저기서 웅성거리고 투덜거리는 소리가 들렸다. 라우크의 말이 틀린 게 하나도 없었지만 농부들은 왠지 심기가 불편했다. 안 그래도 죽을 맛인데 이제 들것까지 들고 갈 생각을 하니 눈앞이 깜깜해진 것이다. 하지만 부상당한 사람을 그냥 외면할 수는 없는 일이었다. 또 한편으로는 사람을 지치게 만드는 무의미한 기다림을 끝내고 이제 할 일이 정해졌다는 사실에 마음이 약간 가벼워졌다.

농부들은 튼튼한 나뭇가지들을 꺾어다가 엮어서 들것을 만든 뒤 그 위에 담요를 깔고 미하엘을 태웠다. 다시 행군이 시작됐다.

습격

아주 가끔, 시끄러운 소음은 절대 피하고 싶다는 듯 시커먼 나뭇가지들을 살며시 스치고 지나가는 산들바람 소리와 멀지도 가깝지도 않은 어딘가에서 새 한 마리가 우는 소리 빼놓고는 밤은 완벽한 적막에 휩싸여 있었다. 녹초가 된 남자들은 꿈도 꾸지 않는 깊은 잠에 곯아떨어졌다. 미하엘은 모닥불 가까운 곳에 놓인 들것에 누워 있었다. 뱀한테 물린 손이 갈색으로 변했고 아래팔까지 부어올랐다. 온몸에서 열이 펄펄 끓었는데, 가끔씩 불안감이 엄습하면 그는 숨을 거칠게 몰아쉬면서 발작하듯 몸을 부들부들 떨고 어깨를 움찔거렸다. 또한 거의 위아래가 들러붙을 정도로 눈을 오래 찡그리면서 모닥불의 불꽃을 응시했다. 하지만 아무도 그에게 신경 쓰지 않았다.

남자들은 새벽녘에 잠에서 깨어났지만 여전히 몸이 천근만 근 무거웠다. 문득 미하엘 생각이 머리를 스치자 밤새도록 힘 겹게 모은 기운이 금세 사라지는 기분이었다.

늑대가 습격한 건 그들이 아침 식사 후 숙련된 손놀림으로 다시 행군을 하기 위해 짐을 챙기고 있을 때였다.

어치새 한 마리가 날개를 퍼덕이며 나뭇가지들 사이로 날아 오르면서 위험을 경고하듯 날카로운 소리로 까악까악 울어 댔 고 멀리서 나뭇잎이 바스락거리는 소리가 들렸다. 이상하게도 나뭇가지들이 삐거덕거리고 부러지는 소리가 가까워졌다. 사 냥개들이 앞발로 버티고 서서 미친 듯이 껑충거리면서 으르렁 거렸다. 드디어 늑대들이 모습을 드러냈다. 갈색 나뭇가지들 사 이로 회색 그림자들이 다가오고 있었다. 농부들이 지게에서 손 도끼를 꺼냈고 등에서 활과 화살을 내렸다. 늑대들이 고개를 푹 수그린 채 잰걸음으로 다가왔다. 주둥이 위쪽의 두 눈이 허 옇게 번득거렸다. 농부들이 일제히 활을 쏘았다. 윙 소리와 함 께 화살들이 땅바닥과 수평을 이루면서 일직선으로 날아갔다. 라우크가 큰 소리로 명령을 내리자 토르와 헤처가 마치 투석기 에 의해 내던져진 것처럼 적을 향해 돌진했다. 첫 번째 늑대가 관목숲 사이에서 빠져나오는 순간 도끼 하나가 정통으로 늑대의 가슴을 맞혔다. 하지만 이내 사방에서 늑대들이 튀어나왔다. 숨을 헉헉대는 소리, 흩날리는 나뭇잎들, 비명 소리. 농부들은 정신없이 손도끼를 휘둘렀고 늑대들은 마구 날뛰면서 농부들의 다리와 허리를 물려고 했다. 라우크는 회색늑대를 향해 양날도끼를 미친 듯이 내리찍었고, 헤처는 나뭇잎이 수북이 쌓인 바닥에서 늑대 한 마리와 뒤엉켜 서로 목과 배를 문 채 마구 뒹굴었다.

라이문트는 모닥불 속에서 끄집어낸 나뭇가지를 불길이 타오르는 채찍처럼 마구 휘둘렀다. 늑대들이 피를 줄줄 흘리면서 뒤돌아서 달아나기 시작했다. 어떤 놈은 달아나면서 애달프게 어우우우 울면서 뒤를 힐끔거렸다. 농부들이 휴우 한숨을 내쉬면서 나무 기둥에 등을 기댔다. 껑충거리며 늑대 무리를 뒤쫓던 토르가 마지막 사냥감을 향해 돌진했다. 관목숲 속에서 쏴쏴 바람이 스치는 소리와 나뭇가지들이 툭툭 부러지는 소리가 들렸다. 멀리서 갈색 나무 기둥들 사이로 희미한 그림자들이 어른거렸다. 그리고 숲에 다시 적막이 찾아왔다.

한 나무 밑동 앞에 누군가 자기 몸을 방어하려는 듯 두 손을 가슴팍까지 들어 올린 자세로 주저앉아 있었다. 늑대는 남자의 목을 물고 있고, 남자가 휘두른 도끼는 늑대의 머리 정중앙에 꽂혀 있었다. 다들 그 광경을 보고 경악했다. 라이문트는 팔에 부상을 입었는데, 그곳에서 계속 피가 철철 흘러내렸다. 또 다른 농부는 앞쪽에 있는 가시나무 덤불에 처박혀 있었다. 얼굴에서 가늘게 피가 흘렀지만 다행스럽게도 늑대한테 물어뜯기지는 않았다. 들것에 누워 있는 미하엘은 눈을 꼭 감고 있었다. 그는 방금 벌어진 도살 행위에 대해서는 아무것도 알아차리지 못한 채 계속 마음속 불안과 공포와 싸우는 중이었다.

늑대 여덟 마리의 시체가 여기저기 널브러져 있었다. 그리고 늑대들 사이에서 헤처가 죽어 가고 있었다. 온통 피로 시뻘겋게 젖어 버린 털이 아침 햇살을 받아 반짝거렸다. 배 부위가 찢겼는데, 간과 위와 창자 등이 뒤섞인 내장 일부가 찢어진 틈새로 삐져나와 있었다. 토르가 덤불숲에서 달려 나왔다. 몹시 지쳐 보였지만 상처는 없었다. 토르가 작은 소리로 구슬프게 울면서 널브러진 동료의 몸뚱어리를 훑어본 뒤 가망이 없다는 것을 안다는 듯 조심스럽게 헤처의 목에다 입을 가져다 댔다.

끔찍한 광경에 경악했던 농부들이 서서히 마비 상태에서 풀려나 정신을 차렸다. 몇몇 사람이 상처 부위를 깨끗이 씻을 물을 떠오기 위해 가죽 수통을 챙겼다. 남자 셋이 죽은 사람한테로 다가가 시신을 바닥에 잘 누인 뒤 옷에 붙은 나뭇잎과 이끼들을 털어 내는 동안 다른 사람들은 하릴없이 그 옆에 서서 시신을 내려다보았다. 다들 표정이 심각한 게 침울한 생각을 하고 있는 것처럼 보였다. 하지만 사실 그들의 머릿속에는 공허함 말고는 아무것도 없었다. 라이문트는 피가 줄줄 흐르는 팔을 지혈도 하지 않은 채 부릅뜬 눈으로 쓰러져 있는 늑대들이 진짜로 죽었는지 확인하기 위해 옆구리를 발로 한 번씩 걷어차 보았다.

라우크는 헤처 옆에 무릎을 꿇고 앉아 피가 묻지 않은 몇 안 되는 곳 중의 하나인 목덜미를 쓰다듬었다. 나뭇잎에 파묻힌 헤처의 꼬리가 바스락 소리와 함께 살짝 움직였다. 입을 크게 벌리고 겨우 숨을 쉬고 있던 헤처가 끙 하며 신음 소리를 냈다. 그렇게 몇 분이 흐른 뒤 라우크가 자리에서 일어서더니 헤처를 어깨에 둘러메고 농부들 옆으로 지나갔다. 농부들은 꼼짝도 않고 그 자리에 서서 눈으로 라우크를 좇았다. 그들은 라우크 모습에 다시 한 번 경악했다. 그에게 그런 힘이 있으리라고는 상상도 못했기 때문이다. 그는 신음하는 개를 어깨에 둘러메고 덤불숲 속으로 사라졌다. 찢어진 부위에서 헤처의 심장이 규칙적으로 뛰었고 피가 계속 흘러내렸다. 주인과 헤처를 따라가려던 토르가 라우크의 휘파람 소리 한 방에 매라도 맞은 것처럼 몸을 움찔하며 뒤로 물러섰다. 라우크는 농부들의 시야에서 완전히 벗어나자 헤처를 땅바닥에 내려놓았다. 그리고 다시한 번 위로하듯 헤처의 털을 쓰다듬은 뒤 심지어 아주 밝은 목소리로 뭐라고 말까지 건넸다. 하지만 곧바로 허리춤에서 도살용 단도를 꺼내 헤처의 심장에 쿡 쑤셔 박았다.

라우크가 돌아왔을 때 농부들은 평소 휴식을 취할 때처럼 두 다리를 바닥에 쭉 뻗은 채 앉아 있었다. 완전히 공포에 질린 표정으로 뭔가를 기다리는 모습이었다. 하지만 정작 자신들은 뭘 기다리는지 알지 못했다. 라우크의 발자국 소리가 들렸을 때 그들은 무표정한 눈길로 그를 쳐다보았다. 라이문트는 어딘가에서 주워 온 돌로 열심히 손도끼 날을 갈면서 시선은 라우크를 향했다. 돌을 약간 들어 올려 손도끼를 가는 모습이 생각보다 훨씬 더 위협적으로 보였다.

라우크가 농부들 사이로 들어가 섰다. 피에 흥건하게 젖은 셔츠가 가슴에 딱 달라붙는 바람에 앙상한 쇄골이 더 두드러졌다. 왠지 아직도 개를 어깨에 둘러메고 있는 것처럼 자세가 약간 비딱하고 긴장돼 보였다. 연설이 시작되거나 아니면 뭔가 다른 중요한 일이 곧 벌어지리라는 것을 예감할 때마다 늘 하던 버릇대로 토르가 꼬리를 살랑살랑 흔들면서 주인 곁으로 다가가 옆에 섰다.

"여러분, 우린 지난 며칠 동안 몹시 고단하고 힘든 나날을 보냈소. 수많은 위험을 극복해야 했고, 고통스러운 희생들을 감수해야 했소. 그런데도 우리의 염두에서 떠나지 않은 한 가지 사실이 있소. 이 모든 일이 결코 아무 의미 없이 일어나지는 않았을 거라는 거요. 우리는 더 크고 가치 있는 일을 위해 지금 이 모든 시련을 견뎌 내고 있는 거요. 우리 앞에는 한 가지 커다란 과제가 놓여 있소. 그 과제를 수행하기 위해서라면 그 어떤 노고도 전혀 힘들지 않다는 것을 우리 모두 느끼고 있소. 우린 이 부담감을 받아들여야 하며 이 짐을 기꺼이 질 각오가 되어 있소.

　여기까지 오는 동안 우리가 극복한 수많은 위험 중에 늑대의 습격도 포함되오. 놈들은 밤낮없이 울음소리로 우리의 신경을 거스르면서 집요하게 우리 뒤를 추적했고, 그 추적은 오늘 한바탕 대격돌로 이어졌소. 이번 싸움은 몹시 힘들었고 우리는 커다란 희생을 치러야 했소. 동료 한 사람이…… 결국 목숨을 잃는 일이 발생한 거요. 하지만 이 싸움의 승자는 바로 우리요! 우린 늑대를 거의 다 죽였소. 비록 몇 마리는 숲속으로 달아났지만 뿔뿔이 흩어졌으니 더는 따라오지 못할 거요. 여러 가지 면에서 우리의 앞날은 전망이 훨씬 더 밝아졌소. 미래에 새로운 희망을 걸어도 된다는 뜻이오. 그러니 우리 이제 이를 악물고 계속 행군합시다! 지금 이 순간 소심해지는 것보다 나쁜 건 없소. 우린 가던 길을 계속 가야 하오. 위대한 비밀의 흔적이 남아 있는 길을 따라서. 마침내 그 비밀을 풀 때까지!

혹시 여러분 중에 의혹에 휩싸여 마을로 돌아가고자 하는 사람이 있다면 한 가지 사실을 환기시켜 주고 싶소. 바로 얼마 전에 여러분한테 선택할 수 있는 자유가 주어졌다는 사실이오. 원정을 떠나온 첫째 날 저녁에 말이오. 여러분도 잘 기억하다시피 그날 우린 돌아가느냐 마느냐를 놓고 회의를 했는데, 베른하르트와 알프레드는 자신들의 선택권을 행사해 마을로 돌아갔고 나머지 사람은 전부 돌아가는 것에 반대했소. 이구동성으로. 그래서 우린 원정을 계속하기로 결단을 내렸던 거요. 그때의 결단이 옳았던 것처럼 그 선택은 오늘도 유효하오. 이제와서 그걸 번복한다는 건 있을 수 없소. 선택의 기회는 지나갔고 우린 한 번 내린 결단을 끝까지 밀고 나가야 하오!

그리고 한 가지 더 말해 줄게 있소, 여러분. 만약 지금 우리가 밧줄의 수수께끼도 풀지 못한 채 마을로 돌아가면 우리 꼴이 얼마나 우스워 보일지 한 번 상상을 해 보시오. 설마 그때 가서도 우리가 옛날 생활로 돌아갈 수 있을 거라고 믿는 거요? 아무 일도 없었던 것처럼? 날이 가고 달이 가고 또 해가 바뀌어도 변함없이 숲 가장자리에 놓여 있을 그 밧줄을 보면서 그게 우리와 아무 상관없는 일인 양 외면할 수 있을 거라고 믿느냔 말이오? 아니오, 우린 절대 그럴 수가 없소, 여러분. 밧줄을 보면 우린 단 한순간도 마음 편히 살 수 없을 거요. 심장에 화살이 박힌 것처럼 마음이 아플 거란 말이오. 우린 그 밧줄이 숲속에서 얼마나 먼 곳까지 이어지는지 알고 있소. 밧줄을 둘러싼 비밀이 얼마나 엄청난지도. 그런데 우린 그 비밀을 알아낼 능력이 없었다는 것을 인정해야 하는 거요. 밧줄의 끝에 닿기에는 우리의 힘이 부족했다는 것도. 여러분은 그걸 원하는 거요?

우린 반드시 목표에 도달할 거요! 그렇게 될 순간이 그리 멀지 않았소! 조금만 더 힘을 내서 전진하면 우리의 노력은 결코 헛되지 않을 거요. 우리가 감당해야 할 노고와 희생이 클수록 결과 역시 좋을 거라는 것을 확신할 수 있소. 이 말 하나만은 꼭 여러분한테 전하고 싶소. 세상은 결코 사악하게 설계되지 않았으니 우리가 쏟는 위대하고 정직한 노고들은 반드시 정당한 대가를 얻게 될 거라고 말이오. 따라서 우리한테는 단 하나의 슬로건만이 존재하오. 전진! 계속 전진! 목표에 도달할 때까지!

미하엘의 소지품

    이제 은빛 나무 기둥의 너도밤나무와, 열매들이 떨어지고 부채꼴 모양의 나뭇잎에 구멍이 숭숭 뚫린 물푸레나무는 점차 줄어들고 느릅나무들이 그 자리를 차지했다. 느릅나무들이 어찌나 크고 무성하게 자랐는지 한낮인데도 숲속으로 빛이 절반쯤밖에 들어오지 않았다. 낮은 곳에 있는 느릅나무 나뭇가지들이 행군을 방해하고 싶은지 자꾸 농부들의 머리를 스쳤다. 그들은 발목에 쇠사슬을 차고 있는 죄수들처럼 일렬종대로 발을 질질 끌면서 터벅터벅 걸었다. 미하엘은 출렁출렁 흔들리는 들것에 누워 있었다. 혹처럼 시커멓게 부어오른 얼굴만 담요 밖으로 나와 있었다.

어제부터 늑대 울음소리는 들리지 않았다. 그 덕분에 마음이 약간 편안해진 것은 사실이지만 이 평화가 과연 얼마나 지속될지 내내 불안했다. 불확실성의 고통이 그들의 마음을 계속 짓누르고 있었다. 추적자를 완전히 따돌리는 데 성공한 건가? 설사 늑대는 퇴치했다 해도 이 숲에 살고 있는 짐승이 과연 늑대하나뿐일까? 앞으로도 계속 행군해야 한다면 조만간 새로운 지역에 들어설 테고 그럼 또 새로운 짐승을 만나게 되는 게 아닐까⋯⋯?

숨을 헐떡이면서 관목숲을 헤치며 달려오던 늑대들의 잔상이 아직도 너무 선명하게 남아 있었기 때문에 농부들은 숲에서 새가 날개를 퍼덕이며 날아오르는 소리만 들려도, 혹은 어떤 짐승이 작은 소리로 부스럭거리는 소리만 들려도 늑대가 아가리를 벌리고 자신들에게 덤벼들던 장면이 눈앞을 스쳐 지나갔다. 게다가 그들의 마음을 불안하게 하는 요소가 또 하나 있었으니 그건 바로 끝날 때까지는 끝난 게 아니라는 미신이었다. 괜히 섣부르게 안심했다가 뒤통수 맞는 일이 어디 한두 번이었던가. 그래서 그들은 백 퍼센트 안전하다는 게 확인되기 전까지는 절대 두려움을 버리지 말아야 한다고 생각했다. 차라리 두려운 마음으로 숲속을 행군하는 게 더 바람직했다. 더는 늑대를 만나지 않기 위한 가장 안전한 방법은 바로 늑대를 두려

위하는 것이었다.

라우크는 원정을 떠난 이후 처음으로 기형적인 발 때문에 고생했다. 비탈길을 올라가거나 바닥이 울퉁불퉁한 곳을 지나갈 때 걸음걸이가 흐트러지면서 몸이 균형을 잃고 뒤뚱거렸다. 혹시 고통을 즐기는 게 아닐까 싶은 의심이 들 정도로 지금까지 자신을 절제하면서 잘 유지해 오던 라우크였지만 평온한 페이스와 강인함을 잃어 갔고 쌓여 가는 피로에 지친 표정을 감추지 못했다. 그는 늘 하던 대로 인내심을 갖고 계속 뿔피리를 불었지만 최상의 컨디션이 아니었다. 자꾸 엉뚱한 음이 끼어들었고, 자발적인 연주가 아니라 어쩔 수 없이 하는 연주라는 것이 티 날 만큼 멜로디가 진부하고 억지스러웠다. 노래들이 원래의 경쾌한 리듬을 잃어버려 오히려 듣는 사람의 기분까지 짜증스럽게 만들었다.

들것에 누워 있던 미하엘은 미동도 않고 눈만 살짝 뜨고 있었는데, 눈동자가 허옇게 풀려 있었다. 숨이 멎은 것이다. 하지만 처음에는 아무도 그 사실을 눈치채지 못했다. 점심때 휴식을 취하기 위해 행군을 멈췄을 때 들것을 나르던 사람들이 가벼운 마음으로 들것을 바닥에 내려놓았는데 그 순간 미하엘의 몸이 이상할 정도로 격렬하게 마구 흔들렸다. 모두 의아해 하면서 들것을 빙 둘러쌌다. 예상한 일이 실제로 일어난 것을 확인하고는 다들 경악했다.

라우크가 미하엘한테로 몸을 숙여 심장에 손을 올려놓았다. 사실 확인은 불필요했다. 라우크가 미하엘의 머리끝까지 담요를 끌어올린 뒤 허리를 숙인 그 자세에서 고개만 돌려 사람들의 얼굴을 차례로 쳐다보았다. 그에게서 품위 있고 절제된 슬픔을 느낄 수 있었다. 그런데 그의 표정이 갈수록 심각해지더니 마침내 떨리는 목소리로 입을 열었다.

"미하엘은 자신의 운명을 용감하게 견뎌 냈소. 이제 그가 견뎌야 했던 고통은 끝났소. 차라리 이편이 그를 위해서 더 나을 거요."

사람들이 웅성거리기 시작했다. 그들은 발을 동동 구르면서 불쾌하다는 눈빛을 서로 주고받았다. 라우크의 말이 위선적으로 들렸던 것이다. 그의 말이 진부하고 위선적이고 과장됐다는 생각이 들자 갑자기 그에 대한 거부감과 반감이 확 솟구쳤다. 라이문트가 쩝쩝 입맛을 다시면서 침을 뱉으려는 것처럼 입술을 오물거렸다. 하지만 경멸하는 표정으로 숨만 헐떡거린 뒤 입 안에 고인 침을 다시 꿀꺽 삼켰다.

그들은 미하엘을 땅에 묻기 위해 구덩이를 팠다. 어제 첫 번째 사망자의 무덤을 팔 때처럼 이번에도 돌투성이인 데다가 질긴 나무뿌리들이 마구 뒤엉켜 있는 바람에 일이 쉽지 않았다.

게다가 땅을 파는 데 필요한 도구도 없었다. 삽을 챙겨 온 사람이 하나도 없었던 것이다. 하지만 그들은 포기하지 않고 열심히 구덩이를 팠다. 먼저 지팡이로 바닥의 흙을 긁어내고 도끼로 나무뿌리들을 잘라 낸 뒤 맨손으로 흙을 파냈다. 안 그래도 그들을 마음대로 휘두르고 있는 자연에 더는 주도권을 넘겨줄 수 없다는 오기가 발동한 것이다. 문득 미하엘의 소지품들을 그냥 이대로 자연에 넘겨줄 수 없다는 생각이 농부들의 머리를 스쳤다. 일순 그런 생각을 품은 자신들에 흠칫 놀랐지만 그럴수록 오히려 행동이 더 거칠어졌다.

그들은 미하엘의 시신을 구덩이에 내려놓기 전에 먼저 아직 멀쩡한 그의 신발을 벗겼다. 비록 단추는 몇 개 떨어져 나갔지만 그런대로 쓸 만한 미하엘의 재킷을 갖겠다는 사람도 나섰다. 죽은 자의 물건을 빼앗는다는 게 썩 유쾌하지는 않았지만 지금은 비상시였고, 비상시에는 이런 일도 허용될 수 있다고 스스로를 다독거렸다. 재킷과 신발을 시신과 함께 묻어 봤자 썩기밖에 더 하겠는가. 대체 누굴 위해 그런 짓을 한단 말인가.

그들은 서둘러 간단하게 장례식을 마치고 미하엘의 지게에 들어 있던 물건들을 바닥에 쏟았다. 필요한 물건들과 가져가기에 너무 무겁지 않은 물건들을 서로 나눠 가진 뒤 나머지는 그냥 버려두었다. 마지막으로 황동 손거울을 놓고 다툼이 벌어졌다. 버려진 마을에서 챙겨 온 물건이 분명한데, 숙련된 장인의 솜씨로 만들어진 아주 귀한 거울이었다. 집에서 기다리고 있는 아내한테 가져다주면 크게 기뻐할 만한 선물이 될 것이다. 손거울은 이 사람 저 사람의 손을 거치면서 세밀하게 관찰되었고, 결국 다섯 사람이 거울을 갖겠다고 나섰다. 다들 자신의 강력한 의지를 표명하기 위해 인상을 찌푸렸다. 서서히 언쟁이 벌어지기 시작했고 그들의 발치에 미하엘의 시신이 누워 있는데도 서로 얼굴을 붉히면서 목소리를 높였다. 보다 못한 라우크가 주사위놀이로 주인을 결정하자는 제안을 내놓고서야 비로소 언쟁은 끝이 났다.

또 다른 발견

오후에 행군을 하고 있는데 어디선가 섬뜩한 소리가 들렸다. 라우크의 비명 소리였다. 그가 쥐어짜는 목소리로 뭔가 기괴한 단어를 외쳤다. 자신의 사냥개에게 명령을 내릴 때 내는 목소리와 비슷했다. 하지만 이번에는 절대 개에게 하는 명령일 리가 없었다. 농부들이 일제히 선두 쪽을 쳐다보았다. 라우크가 손으로 자기 앞쪽의 땅바닥을 가리켰다. 뭔가를 발견한 게 분명했다. 아주 놀라운 것……, 어쩌면 위험한 것일 수도 있었다. 농부들이 간격을 좁히며 앞쪽으로 바짝 다가섰다. 라우크의 발 앞에 뭔가가 놓여 있었다. 빛도 잘 안 드는 데다가 나뭇가지들에 가려서 잘 안 보였다. 두 번째 밧줄이었다. 새로운 밧줄이 첫 번째 밧줄과 비스듬히 교차되면서 커다란 엑스(X) 자 형태를 이루고 있었다.

정도의 차이는 있지만 다들 턱이 빠질 만큼 입을 멍하니 벌리고는 두 밧줄 주위로 몰려들었다. 서너 명은 심지어 무릎까지 꿇은 자세로 자세히 들여다보았고 손가락 끝으로 살짝 건드려 보기도 했다. 누군가 두 번째 밧줄을 바닥에서 집어 들어 손목에 둘둘 감았다. 잡아당겨 보려는 의도인 듯했는데 무슨 생각을 했는지 이내 다시 내려놓았다. 두 밧줄은 거의 구별하기가 힘들었다. 두 번째 밧줄이 약간 더 굵고 튼튼한 실로 꼬아 만든 것처럼 보였지만 그건 눈이 일으킨 착각일 수도 있었다. 원정대가 왜 발걸음을 멈췄는지 이해할 수 없었던 토르가 주인의 비명 소리를 듣고는 어리둥절한 표정으로 낑낑거렸다. 뒷다리 사이로 꼬리를 넣고서 이 사람 저 사람한테로 옮겨 다녔다.

잠시 뒤 넋이 나갔던 라우크가 정신을 차리고는 어깨에 둘러메고 있던 자루를 내려 나뭇가지에 매달았다.

"여기서 나를 기다려 주게." 그가 말했다. "금방 돌아오겠네. 그리 오래 걸리지 않을걸세."

그의 눈길이 신속하게 움직였다. 눈동자를 굴리며 주위를 빙 둘러보는 것이 어느 쪽으로 가야 할지 방향을 잡으려는 것 같았다. 마침내 라우크가 손짓으로 토르한테 따라오라는 신호를 보내고는 덤불숲으로 걸어 들어갔다. 두 번째 밧줄을 따라서.

15분쯤 지나서 그가 돌아왔다. 농부들이 초조한 표정으로 일제히 그에게 고개를 돌렸다. 기다리는 동안 그들은 지게를 내려놓고 신경을 곤두세운 채 나무들 사이를 서성거리는 것 말고는 아무것도 할 수 없었다. 라우크가 전에 없이 긴장한 모습으로 안짱다리를 질질 끌면서 걸어왔다. 기괴한 형태의 구두로 발을 내디딜 때마다 나뭇잎이 한 무더기씩 밀려났다. 농부들로부터 멀찍이 떨어진 지점에서 그가 걸음을 멈췄다. 마치 그들에게 가까이 다가가는 것이 두려운 듯이 그는 당황한 모습으로 손가락을 허리띠에서 쭉 미끄러뜨렸다.

"밧줄은 계속 이어지고 있었소, 여러분. 나는…… 그 밧줄의 끝을 확인하지 못했소. 하지만 지금처럼 어둑어둑한 상태에서 그 밧줄을…… 계속 따라가는 건…… 힘든 일이오. 밧줄을 시야에서 쉽게 놓칠 수 있기 때문이오."

그는 눈을 껌뻑하며 사람들을 한 번 쳐다보고는 넋이 나간 사람처럼 딴 생각에 빠졌다. 나무 기둥에 몸을 기댄 채 자신을 계속 쳐다보고 있는 사람들도, 또 자신의 발치에 엑스 자로 교차되어 있는 밧줄도 안 보이는 듯했다. 그러다 갑자기 무슨 참을 수 없는 생각을 떨쳐 버리려는 것처럼 머리를 격렬하게 흔들었다.

"여러분, 시간이 너무 늦었소. 오늘 우린 너무 먼 길을 걸어 왔소. 그러니 이제 이곳에서 하룻밤 묵어가도록 합시다. 지금으 로서는 그게 최선이오. 내일 아침…… 우리 모두 새로운 기운 을 얻었을 때 그때 다시 상황을 확인해 보는 게 좋겠소."

"내일 아침에 상황을 확인해 보자고? 빌어먹을! 이제 더 좋 은 아이디어가 안 떠오르나 보지, 이 쥐새끼 같은 놈아?"

바닥에 주저앉아 이미 한쪽 신발을 벗고 있던 라이문트였다. 그가 손톱으로 발꿈치에 잡힌 물집을 터뜨렸다.

"지금 당장 우리가 뭘 해야 할지를 말해!" 라이문트가 소리 쳤다. "당신은 어제 우리한테 이제 곧 목표에 도달할 거라고 했 어. 시간이 그리 오래 걸리지 않을 거라고. 그런데 지금 이 상황 은 뭐지? 대체 일이 어떻게 돌아가고 있는 거냔 말이야?"

라우크가 라이문트를 진정시키려는 듯 두 손을 들어 올린 뒤 평정심을 잃지 않으려 애쓰면서 떨리는 목소리로 말했다.

"맞소, 당신 말이 옳소, 라이문트. 어제 아침 늑대의 습격을 받은 이후 우린 앞으로 어떻게 할 건지 회의를 했소. 그리고 그 자리에서 만장일치로……."

"젠장! 또 그 얘기로군. 그 말 좀 작작 해!"

라이문트가 싸움이라도 할 기세로 자리에서 벌떡 일어서는 바람에 다른 사람들이 화들짝 놀라며 한 걸음씩 뒤로 물러섰다. 그는 두 주먹을 불끈 쥐고 가슴팍을 앞으로 쑥 내밀었다.

"지금 이런 상황에서도 우린 계속 가야 하는 거야? 계속, 또 계속?! 더는 갈 수 없을 때까지?! 그런데 대체 어디로 가야 하는 거지? 어디로 가야 하느냔 말이야? 빨리 우리한테 어디로 가야 할지 말을 해 보라고!"

잎이 무성한 나뭇가지들 때문에 햇빛이 절반쯤밖에 들어오지 않는데도 라이문트의 얼굴이 시뻘겋게 달아오른 게 보였다. 이마에 난 상처는 퉁퉁 부어서 혹처럼 툭 튀어나와 있었다. 손가락으로 톡 건드리기만 해도 그냥 터져 버릴 것 같았다.

"밧줄이 두 개가 됐어! 지금 여기 밧줄이 두 개가 있단 말이야! 우린 오른쪽으로 가야 하는 거야, 왼쪽으로 가야 하는 거야? 아니면 똑바로 가야 하나? 자, 어서 말을 해 보라니까! 이 문제에 관해 당신은 할 말이 하나도 없어?"

그동안 코를 킁킁거리며 먹이를 찾아 관목숲 속을 돌아다니던 토르가 낙엽을 흩날리면서 잽싸게 달려와서는 미끄러지듯이 남자들 한가운데에 섰다. 그런 다음 라이문트와 그의 주인 사이에 떡하니 자리 잡았다. 토르가 거칠게 숨을 몰아쉬며 물어뜯을 것처럼 으르렁거렸다. 아직까지는 제어가 되는 작은 소리였지만 금방이라도 폭발할 것처럼 아슬아슬했다.

라우크가 잽싸게 달려와 준 충직한 사냥개에게 고마움을 표하기 위해 손으로 토르의 목덜미를 쓰다듬듯 스쳤다. 그는 흥분하지 않으려 애쓰면서 어떤 무기를 사용해야 좋을지 생각했다.

"내 말 들어 보게나, 라이문트. 나는 자네가 왜 이렇게 화를 내는지 이해하지 못하겠네. 만약 나 때문이라면 정확한 이유를 말해 주게. 혹시 자네의 분노가 나를 향한 게 아니라 밧줄을 향한 건가? 만약 그렇다면 나를 공격할 이유가 없지 않은가?"

라이문트가 시커먼 총알처럼 머리에서 툭 튀어나올 것 같은 눈동자를 반짝거리고 있는 토르와 창백한 얼굴의 라우크를 번갈아 쳐다보았다. 그는 숨을 헉헉대면서 뭐라고 대꾸해야 좋을지 머리를 쥐어짰지만 제대로 말이 되어 나오지를 않았다. "내가 자네한테 한 말은…… 내가 하고 싶은 말은……"이 그의 입에서 나온 전부였다. 라우크가 으르렁거리는 토르의 주둥이와 라이문트의 주먹 사이 간격을 더 벌리기 위해 토르의 목을 움켜쥐고서 약간 옆으로 잡아당겼다.

"그럼 좋네, 라이문트. 할 말이 그것뿐이라면 그 이야기는 여기서 끝내도록 하세. 나중에 다시 이야기할 기회가 있을걸세."

라우크의 목소리는 단호했다. 원래의 냉철함을 되찾은 것이다. 그는 어찌나 잘 갈고 닦았는지 날이 번쩍거리는 양날도끼가 매달린 가죽 끈의 위치를 바로잡으면서 고개를 최대한 빳빳

이 세웠다.

"여러분, 나는 이 두 번째 밧줄을 어찌하면 좋을지 생각을 좀 해 보겠소. 시간을 두고 생각하면 아마 좋은 아이디어가 떠오를 거요. 그러니 오늘은 이만 잠자리에 들도록 합시다. 우린 오늘 너무 많이 걸었소. 내일 날이 밝으면 모든 게 달라질 거요!"

가슴에 뿌린 흙 한 줌

날이 밝았을 때 농부들은 라우크가 담요 속에서 죽어 있는 것을 발견했다. 입술 사이로 혀가 삐져나와 있었고 목에는 시뻘건 반점들이 눈에 띄었다. 목이 졸려 죽은 게 분명했다. 눈을 부릅뜨고 있어 이미 뻣뻣해진 시신의 표정이 더 기괴해 보였다. 그건 그가 자신을 죽이는 자의 모습을 숨통이 끊어지는 마지막 순간까지 노려보았다는 의미였다. 토르는 길고 편안한 자세로 몸을 쭉 뻗은 채 낙엽을 수북이 쌓아 만든 잠자리에 누워 있었다. 지난 며칠 동안 쭉 지켜 온 주인의 자루 위에 앞발 하나를 걸친 채로. 하지만 평화로운 그 광경은 거짓이었다. 도끼에 토르의 머리가 반으로 쩍 갈라져 있었다.

혼란에 빠져 허둥지둥하던 농부들이 라이문트가 사라졌다는 사실을 알아차린 것은 그로부터 몇 분이 지난 뒤였다. 어젯밤에 라이문트가 누워 있던 자리는 텅 비어 있었다. 지게도 같이 사라졌다. 밤에 보초를 섰던 농부 하나가 막 동이 틀 무렵 아직 다들 잠들어 있을 때 라이문트가 자신과 보초 서는 것을 교대했다는 기억을 떠올렸다. 그들이 대충 짜 맞춘 이후의 상황은 라이문트가 소리를 숨죽인 채 잠든 사람들 사이에서 라우크와 토르를 죽인 뒤 마을로 돌아가기 위해 길을 떠났다는 것이었다.

농부들은 흥분을 가라앉히기 위해 마치 뭔가를 찾는 것처럼 나무 사이를 왔다 갔다 하면서 주변을 서성거렸다. 속이 울렁거리는 몇몇 사람은 바닥에 웅크리고 앉아 있었다. 빈속에 끔찍한 장면까지 목격하고 나니 현기증이 일어났던 것이다.

한참 뒤 마침내 남자들은 당혹감에서 벗어나 제정신을 차렸다. 누가 신호를 보낸 것도 아닌데 모두 엑스 자로 교차되는 밧줄 주위에 빙 둘러섰다. 마치 땅바닥에서 느닷없이 솟아난 벽인 양 밧줄을 바라보았다. 하지만 지금은 더는 말이 필요 없었다. 이미 여러 번 은밀히 논의를 끝낸 것처럼 모든 게 아주 단순 명료해 보였다.

"우리 이제 마을로 돌아가도록 하세!"

"그래, 당연히 그래야지. 이 정도면 할 만큼 했어!"

"나도 더는 한 발자국도 못 가겠네. 이미 너무 멀리 왔어."

"우리가 미쳤던 게 분명해. 이성을 잃었던 거야."

"이게 다 누구 책임이지? 분명히 말하는데, 이건 전부 라우크 탓이네!"

"맞네, 라우크. 돼지 같은 놈. 바로 그놈이 이 모든 일의 원흉이네. 그자가 우릴 잘못된 길로 이끌었어!"

"놈의 감언이설에 우리가 속아 넘어갔던 거야! 안 그랬으면 우린 벌써 오래전에 집으로 돌아갈 수 있었네. 여자들 곁으로!"

"맞네, 자네 말이 맞아!"

잠시 더 그런 식의 대화가 오갔다.

자신들의 자리로 돌아갔을 때 농부들은 어찌나 신경이 곤두서고 초조했던지 쓸데없는 잡담이나 망설임으로 더는 시간을 낭비하고 싶지 않았다. 어제까지만 해도 마을로 돌아가는 게 불가능한 일로 생각되었다면 지금은 행군을 계속하는 게 불가능한 일이 되어 버렸다. 지난 며칠 동안 절대 할 수 없는 일이라고 생각했던 것이 지금은 너무나 당연한 일로 받아들여졌다. 그들은 마을로 돌아가는 길이 얼마나 멀고 위험한지 잘 알고 있었지만 할 수 있다는 확신에 차 있었다. 밧줄에 미련을 두는 사람은 하나도 없었다. 일말의 여지조차 남겨 놓지 않았다. 밧줄은 이미 아무 짝에도 쓸모없는 물건처럼 바닥에 그냥 방치되어 있었다.

출발 준비를 다 끝낸 농부들이 다시 살해된 라우크의 시신 곁으로 모여들었다. 누군가 아주 당연하다는 듯 라우크의 소지품들을 끄집어냈다. 두세 가지 물건은 다툼이 벌어지지 않고 순조롭게 분배되었다. 누군가 시신에서 재킷을 벗겨 냈다. 아직 꽤 쓸 만한 상태였다. 라우크의 정상적인 발에 신고 있던 신발도 누가 벗겼다. 다른 한 짝은 그대로 남아 있었다.

농부들은 그제야 라우크의 양날도끼가 사라졌다는 사실을 알아차렸다. 라이문트가 그걸로 잠든 토르를 죽인 뒤 가져간 게 분명했다. 농부들은 화가 치밀어 얼굴이 붉으락푸르락했다. 그 양날도끼는 최고의 품질로, 라우크의 소지품 중에서 제일 탐나는 물건이었다. 아마 미하엘의 청동거울보다 더 가치 있는 물건일 것이다. 다들 내심 그걸 욕심내고 있던 터라 자신들의 가장 귀한 보물을 코앞에서 훔쳐 간 라이문트한테 말도 못하게 화가 났다. 만약 다시 그를 만나게 되면 단단히 따져 묻고 싶은 심정이었다.

라우크를 땅에 묻고 무덤을 만들어 줘야겠다고 생각하는 사람은 하나도 없었다. 지금은 그런 번거로운 일을 할 만한 시간적 여유가 없었다. 돌투성이에다가 나무뿌리가 뒤엉켜 있는 땅을 파는 게 얼마나 힘든지 다들 생생하게 기억하고 있었다. 게다가 라우크가 과연 그런 노고를 쏟을 만한 가치가 있는 사람이던가.

그래도 최소한의 도리는 해야겠다고 생각했는지 누군가 부릅뜬 라우크의 눈을 감겼다. 또 한 사람은 흙과 나뭇잎들을 약간 긁어모아서 라우크의 가슴에 뿌렸다. 그런 다음 마침내 원정대는 출발했다.

밧줄

초판 1쇄 발행 | 2015년 11월 20일
초판 2쇄 발행 | 2017년 4월 17일

지은이   스테판 아우스 뎀 지펜
옮긴이   강명순
책임편집 여미숙
디자인   주수현 김한기

펴낸곳   바다출판사
발행인   김인호
주소   서울시 마포구 어울마당로5길 17(서교동, 5층)
전화   322-3885(편집), 322-3575(마케팅)
팩스   322-3858
E-mail   badabooks@daum.net
홈페이지   www.badabooks.co.kr
출판등록일 1996년 5월 8일
등록번호   제10-1288호

ISBN 978-89-5561-804-4 03800